Celeste tiene que nacer

Marina Moreno

Celeste tiene que nacer

Marina Moreno

Título: Celeste tiene que nacer
Copyright © 2022, Marina Moreno

Esta es una obra de ficción. Los personajes recogidos en ellas son obra de la imaginación del autor. Cualquier parecido con la realidad podría ser mera coincidencia.

Corrección y maquetación: Sandra Moya
Ilustración de cubierta: Alba Alcaraz

Reservados todos los derechos. No se permite la reproducción total o parcial de este libro, ni su incorporación a un sistema informático, ni su transmisión en cualquier forma o por cualquier medio (electrónico, mecánico, fotocopia, grabación u otros), sin autorización previa y por escrito de los titulares del copyright. La infracción de los derechos mencionados puede ser constitutiva del delito contra la propiedad intelectual.

1º edición, mayo de 2022

Hay cosas que jamás podré cambiar de mi vida,
de mi pasado, pero siento que necesito, y merezco,
intentar mejorar mi futuro.

Gracias por ayudarme a empezar en mi mundo literario. Es una gran suerte contar con lectores APRENDIDOS. Espero no decepcionarte.

La noche prometía. Pleno confinamiento y, entre el teletrabajo de ambos —que nos ocupaba casi el día entero—, las tareas de casa y los perros, cuando el día acababa, estábamos agotados mentalmente, así que nos acostábamos para dormir y descansar.

Habían pasado semanas. Nos prometimos que, durante ese fin de semana, desconectaríamos del mundo. A sol puesto, preparamos algo rico para picar, un buen Ribera del Duero y muchas ganas de estar a solas. Tranquilos, sin interrupciones. La llamamos la noche de «¿¡Qué coño?!», ya que el vecindario se desfogaba con los aplausos de las ocho de la tarde.

Cuando todo está en calma, suelo desconfiar y decir «tanta amabilidad, me confunde». Puedo equivocarme, pero no es lo habitual. Y, siempre que tengo ese presentimiento, ocurre algo que lo fastidia todo.

Cenamos mientras charlábamos y bebíamos; incluso nos reímos mucho, Óscar siempre ha sido muy divertido y ocurrente. Fantaseamos sobre qué haríamos si nos tocase la lotería. Vimos un par de capítulos de una serie B y, cuando me di cuenta, Óscar dormitaba junto a mí en el sofá. Llevaba unas cuantas noches sin dormir y, a pesar de que no me encontraba bien, no tenía sueño.

El vino me dio sed y fui a la cocina para beber un vaso de agua. Decidí que cogería el primer libro al azar —de los que tenía empezado— y leería algo para conciliar el sueño. A pesar de que era una actividad que me encantaba, había dejado de leer. Un nuevo y exigente trabajo me ocupaba casi todo el tiempo, y tenía tantas cosas en la cabeza, que no había manera de adentrarme en la lectura.

Siempre anhelé ser escritora de éxito; como Julio Verne, Brandon Sanderson, George R. R. Martin, Pérez-Reverte o Stephen King. De hecho, lo ideal sería una mezcla de todos ellos y habría tenido una vida muy digna.

Siempre he pensado que, pasar por la vida sin más, es absurdo. Al menos, me queda la certeza de que, en una ocasión —solo en una—, fui la primera en algo. Pero no me conformo, solo me consuela.

Quiero ser *alguien* que hace algo importante, y que se me recuerde por ello.

No tengo habilidad alguna para nada. Conozco a personas que saben coser, cantar, dibujar, pintar, bailar, escribir… No lo sé… Artistas de distintas variedades… Las hay, incluso, que hacen varias o todas esas cosas a la vez… ¡Hasta las hay acróbatas vaginales, joder!

Pues, bien, yo no sé hacer nada. Punto.

No he tenido hijos. No soy una de esas personas frustradas por no haberlos tenido, pero alguna vez sí que me he preguntado si moriré sola. Lo que yo te diga, encima, egoísta y pesimista.

Mi creatividad se reduce a echarle cebolla, en vez de puerro, al puchero. A ver qué pasa. Soy mediocre y lo tengo que asumir, lo que comúnmente se conoce como «del montón».

Mi vida es igual que la de todos: vivir para trabajar, en vez de trabajar para vivir. Económicamente, no llego a fin de mes. Como, hoy en día, casi todo hijo de vecino. Vivo con mi novio y mis dos *bebetukis*. Bandio y Pirata son dos perros, distintos por completo, igual que mi novio y yo.

No hay mucho más que contar. Tengo una vida normal y corriente, con un trabajo que me encanta. De eso no puedo quejarme, es el mejor trabajo que he tenido en toda mi vida. Y lo digo en todos los sentidos.

Pues, con esta descripción, tan simple como yo, os explicaré mi invisible paso por este mundo…

Os voy a contar lo que pasó aquel 4 de abril de 2020. Me llamaba Carla —hablo en pasado, sí— y no, no me he muerto… aún.

Capítulo cero
La llegada

Cuando acabaron los aplausos, el silencio se hizo de nuevo. Mi realidad —la que tenía hasta ese momento—, me pareció una absoluta desgracia y empezaron las preguntas… «¿Esto es realmente lo que quiero?», «¿estoy sufriendo una crisis existencial?», «¿soy demasiado simple?», «¿quién soy?», «¿prefiero ser otra persona?», «¿quiero otra vida?», «¿otro… todo?». Y, de esa manera, llegué a la pregunta final… «¿Por qué no?».

A la una de la madrugada, todavía estaba despierta. Me encontraba en el salón —amplio, luminoso y muy acogedor— y estaba a gusto sola. Óscar dormía ya en nuestra habitación; me llamó varias veces, pero se dio por vencido y roncaba desde hacía rato. Los perros también roncaban con él.

De repente, Pirata (le pusimos ese nombre por ser completamente blanca, excepto por un *parche* negro que tiene en el ojo) vino y empezó a olisquear. Siempre hacía el «¿a qué no me pillas?» —así lo llamaba yo— para incitarme a que fuera a la cama o a jugar… Dependiendo del caso, claro. Es una perrita muy graciosa, sociable y faldera.

Pero, en esta ocasión, era distinto. Se comportaba de otra forma, como desesperada. Corría como loca de la habitación al sofá y del sofá a la habitación. Buscaba un hueco para salir, y empezó a ladrar delante de la puerta que daba al patio delantero. Lloriqueaba y arañaba la puerta suplicante para salir, como si hubiera alguien querido al otro lado.

Intenté corregirla, pero no callaba. Era tarde y sufría por los vecinos. Me levanté y fui a ver qué pasaba. Quizá se había colado un gato, a veces —por las noches— pasaba. Pirata seguía dando saltos y me extrañó.

Con una mano, aparté la cortina para asomarme.

Lo que vi, cuando por fin enfoqué la vista en la oscuridad de la noche, fue absolutamente asombroso y mágico. Lo que descubrí… es lo que soy ahora.

¡Era yo misma! Ahí, en el porche, como si hubiera un proyector de esos que aparecen en los autocines de las películas americanas. Igual de nítida, como cuando te miras al espejo. Me reconocí enseguida. Sin embargo, había una diferencia… ¡Era delgada! ¿¡Qué digo delgada!? ¡Atlética!

En un primer instante, pensé: «es un sueño, debo de estar soñando». Inmediatamente después, apareció Bandio —no lo había visto llegar, ya que estaba ensimismada con *la proyección*—, quien había conseguido abrir la cristalera corredera. Pirata, que apenas pesaba 9 kilos, se coló por las rejas y saltó a *la pantalla* para saludar a su dueña. Al parecer, también me había reconocido en esa *proyección*.

Por unos segundos, perdí de vista a Pirata. Busqué las llaves corriendo para abrir la cancela y salir al porche. Bandio se fue deprisa hasta aquella imagen y ladraba sin parar. Yo, mientras tanto, buscaba a Pirata. No sabía qué hacer, estaba petrificada por el miedo. No sabía si tocar aquello, lo que fuese... ¿Y si desaparecía, sin más, como mi Pira?

¡Ah! De repente, caí de nuevo en que debía buscarla...

—¡Pirata! —grité.

Imaginé que Óscar vendría corriendo para saber por qué gritaba. De hecho, ¿cómo es que no estaba aquí? ¿No nos había oído? ¿Y los vecinos? Tampoco habían salido... Qué raro.

Gritaba y gritaba el nombre de mi perra mientras lloraba por la desesperación. De repente, Pirata apareció en esa especie de rectángulo transparente en el que veía imágenes. Me miraba, movía su cola y, cuando me hizo el «¿a qué no me pillas?», me di cuenta de que ya era demasiado tarde.

Pira estaba dentro...

¿Qué iba a hacer ahora? En ese momento, noté un escalofrío que me recorría el cuerpo, como jamás en mi vida había sentido. Noté como si perdiera la consciencia. Había leído acerca de los viajes astrales, como buena lectora de ciencia ficción, pero nada más. Tampoco creía en ellos, era bastante escéptica en casi todo lo relacionado con el mundo espiritual.

Pero creía en una cosa: somos energía. Y, la energía «no se crea ni se destruye, se transforma». Justo en ese pensamiento, de los miles que me pasaban por la cabeza, me desmayé.

«Tengo que despertarme», oí susurrar a mi subconsciente… Intenté abrir los ojos, pero me costaba, no acababa de conseguirlo… Fue, entonces, cuando escuché el claxon de un coche.

Un sobresalto y abrí los ojos…

¡Estaba en la calle! Era de día y estaba nublado, como cuando sabes que caerá un aguacero importante. También hacía frío.

¿Cómo era posible? Hice un esfuerzo por recuperarme y, mirando a mi alrededor, ¡vi a mi Piratilla!

Intentaba —sin éxito— subirse sobre mí, saltando de alegría. Caí en la cuenta de que no llevaba su correa ni el arnés, solo el collar. Me precipité a cogerla en brazos cuando, de nuevo, el claxon volvió a sonar con más insistencia.

—¡Celeste! ¡Vamos! ¿Qué haces?

Me llamaba a mí. Pero ¿*Celeste*? Yo no me llamo así, seguro que se habrá confundido. Me dirigí al coche para decirle que se equivocaba de persona, pero cuando me estaba acercando, reconocí a la persona que me llamaba. ¡Era mi compañera de trabajo, Olga! Pero ¿qué es esto? ¡Olga vive en Madrid! ¿Cómo he llegado hasta aquí con la perra y sin correa? Si, hace un momento, era de noche.

Buscaba referencias en la calle. Algo que me sonara o fuera familiar, pero nada…

Olga volvió a pitar.

—¡Qué me van a multar! —gritó—. ¡Sube ya!

Era lo único conocido en ese momento, así que subí al coche. Dejé a Pirata en la parte de atrás.

—Chiquilla, ¿qué haces? Llevo un rato esperando, ya sabes que me pueden multar, son muy estrictos con el confinamiento.

¿Confinamiento?

Paradójicamente, me alegré, porque, al fin, algo me sonaba.

Olga seguía hablando.

—… vaya paseíto te has dado con la perra, no puedes ir tan lejos. Ya sabes que yo te recojo las veces que haga falta, pero esto no se puede hacer. Nos jugamos, aparte de la multa, el trabajo. Nos tienen prohibido coger el coche y lo sabes. ¿A dónde ibas, alma de cántaro?

Yo no decía nada, sino que me limitaba a mirar a través de la ventana. La abrí un poco para que me diera el aire. Me costaba respirar, me estaba poniendo muy nerviosa. No sabía qué estaba pasando, si era real o un sueño. Quizá estaba muerta, quién sabía. Me había llamado Celeste, pero no era yo.

De repente, pensé en mirarme en el espejo del copiloto para cerciorarme de que era yo. El reflejo me dijo que sí, pero al revés, era la otra. Es decir, ¡era la chica delgada que vi en el porche de mi casa!

Era yo… O, más bien, era Celeste.

Me pasé todo el trayecto observando todo lo que la conversación con Olga me permitía. Apenas veía coches, aunque eran algo diferentes. No había gente en las calles. Daba pavor, ya que no reconocía nada. Todo estaba mejor construido, más moderno. Parecía que estaba en el área metropolitana de Nueva York, pero sin personas. Tampoco parecía Madrid.

Me asaltó el miedo y las ganas de llorar como un niño pequeño. Óscar, mi familia, amigos, mi Bandío… ¿Qué habría pasado con ellos? ¿Estarían bien? ¿Se habrían dado cuenta de que Pirata y yo habíamos desaparecido? ¿Los volvería a ver?

Eché la mano al bolsillo en busca de mi móvil… Qué tonta, obviamente no lo tenía. «Se lo pediré a Olga», pensé.

—Déjame el móvil, Olga. —Así mataba dos pájaros de un tiro: me enteraría de si se llamaba Olga y de dónde estábamos. Pensaba contarle todo a Óscar, sabía que él me creería—. Me lo he dejado en casa…

—¿Olga? ¿Es un nombre? —preguntó divertida—. Pero ¿qué te pasa? Llama, si quieres, pero estamos llegando.

Al oír eso, miré a mi alrededor en busca de cualquier imagen, edificio, calle o local. Algo que me resultase familiar, pero no encontré nada.

En un giro cerrado a la izquierda, entramos en una urbanización preciosa. Casas mata de diseño minimalista, blancas, todas distintas —pero con los mismos colores— y espacios para jardines en la entrada. Estaban cerradas a cal y canto.

Y, algo que no había visto en el resto de edificios, algunas tenían carteles en las puertas con símbolos variados. Algunas tenían un 15, otras una R, una C y, otras, una X… ¿Sería una manera de clasificar a los ciudadanos? Sinceramente, me descompuse. Pero… ¿qué coño estaba pasando? ¿Dónde estaba, por Dios?

Tenía que averiguarlo. Me notaba el pulso en las sienes, y empecé a encontrarme mal. Tenía el estómago revuelto. Olga —o cómo se llamara— se dio cuenta de mi estado.

—¿Estás bien? —preguntó preocupada—. ¿Qué te pasa?

—Para el coche, q…

«Voy a vomitar», quería decir, pero no me dio tiempo. Apenas había acabado de frenar, cuando abrí la puerta y lancé aquello. Bajé a duras penas, todavía con náuseas. Noté a Olga entre temerosa y preocupada.

—Vamos a llamar ahora mismo al médico de área…

—No, estoy bien —respondí—. Solo estoy cansada.

—Déjate de historias —replicó—, puede ser la cepa Sars34; es uno de los síntomas, así que no podemos arriesgarnos. Hay que llamar de inmediato porque, si alguien nos ha visto, ya sabes lo qué puede pasar…

—¿Qué dices? ¿Qué nos va a pasar? ¿Sars34?

Pensé en preguntar al respecto de todo lo que decía, y también contarle lo que me estaba pasando. Así, sin más.

—Y que sea lo que Dios quiera… —deliré en voz alta sin

ser consciente.

—¿Qué dices, Celeste? Estás muy rara, ¿eh? Venga, incorpórate. —Me ofreció una botella—. Toma, bebe agua y respira.

—Me duele la cabeza —acerté a decir cuando recuperé el aliento.

—Venga, sube al coche —ordenó—. Llamaremos de camino a tu casa, que ya estamos al lado, y que te vea el médico de área.

Me dejé llevar, entre otras cosas, porque no era capaz de pensar. No tenía ni idea de a dónde ir, aunque se suponía que iríamos a mi casa. ¿Estaría Óscar? Solo de pensarlo, me animé y, por un momento, me imaginé en casa mientras le contaba al detalle todo lo que me había pasado. Nos reiríamos de todo, seguro.

Olga frenó el coche.

—Ya hemos llegado. Entro contigo y, cuando se vaya el médico, según lo que nos diga, veremos qué hacer. No quiero que estés sola.

¿*Sola*? No me jodas que vivo sola…

Capítulo primero
Mi mundo Celeste

Al parecer, era la primera semana de confinamiento. Olgar llamó al médico de área. Yo, mientras tanto, me hacía la tonta. No tenía ni idea de cómo entrar en mi —supuestamente— propia casa. Llovía muchísimo. Olga se impacientó y, con un gesto malhumorado, me cogió la mano y la posó sobre un rectángulo vertical de metal que había en la puerta.

Por arte de magia, se abrió.

—Me estás preocupando —dijo una vez dentro.

Cuando vi *mi casa* por primera vez, me enamoré total y absolutamente. En realidad, no estábamos en mi casa, y por lo poco que había visto, posiblemente y con mi imaginación… ¿sería que me encontraba en otra dimensión?

Dejamos atrás la puerta principal, la cual se cerró sola. El recibidor era grande y alegre. Tenía muchas plantas con unas flores preciosas y coloridas, aunque no reconocía ninguna. A la izquierda, había una cocina moderna, de un tamaño normal, aunque muy práctica.

Avancé en busca del baño, pero lo siguiente de la estancia era un salón enorme. Debía de medir unos 60m2, aunque era demasiado luminoso para mi gusto. Yo, cuando termino de limpiar, bajo las persianas. Por cierto, ¿dónde están las persianas? ¡No hay!

Un ventanal enorme ocupaba casi toda la pared, y me acerqué para asomarme. Me encantó. Enfrente, había otra hilera de casas como la mía. La carretera era de cuatro carriles, ancha y perfectamente delineada. De hecho, parecía recién pintada. Me fijé de nuevo en las casas, y en una de ellas, había un símbolo que no había visto en las anteriores. «15+C» ¿Qué significaría?

—El médico de área viene hacia aquí —dijo Olga mientras entraba en el salón—. ¿Todavía estás así? Vamos al cuarto de baño, mi niña, ya verás cómo te sientes mejor.

Le hice caso a mi amiga. Si tenía algo que la caracterizaba era, sin duda, lo cariñosa que era. La conocí en el trabajo, una sevillana con mucho arte, de esas personas con las que te partes de risa. Llevaba afincada en Madrid desde hacía 16 años. Esa, al menos, era la Olga que yo conocía. Aquí no sabía su historia, pero me daba que no era muy distinta. Al menos, de carácter, que era lo importante.

Rubia, con una melena y un cuerpo increíble para sus 52 años, elegante y con estilo. Siempre con una sonrisa, dispuesta a animarte. La mejor compañera de trabajo. En mis inicios, me ayudó con una facilidad y sinceridad aplastante. Enseguida nos hicimos amigas, fue una especie de *flechazo*.

Había decidido que, a partir de ahora, las personas que formaran parte de mi vida, serían personas positivas que te aportaran algo bueno. Como mi padre decía: «la familia te toca, pero los amigos se escogen». Y yo había escogido a Olga para que siempre fuera mi amiga.

Mientras atravesaba el salón para ir a recomponerme, me di cuenta de que las luces se encendían y apagaban solas según iba pasando. Pensé que, si eso pasara en la calle con las farolas, me daría mucho *yuyu*. Yo, de noche, con mi sentido de la orientación —nulo total— y lo peliculera que soy, me daría un infarto si las luces se fueran apagando detrás de mí.

El baño era bastante más grande que la cocina, cosa que me extrañó. Sencillo. Blanco y turquesa, mi color favorito. No existían los interruptores, todo funcionaba bajo domótica, donde —un pequeño aparato parecido a un móvil— controlaba todo lo que tuviera electricidad. En tecnología, sinceramente, tampoco estaban muy avanzados con respecto a nosotros. Eso ya lo había visto yo en mi Málaga natal, así que no me extrañó demasiado.

Al final del baño, de pared a pared, había un plato de ducha enorme. Estaba a ras del suelo y con una mampara de cristal —automática, por supuesto—. También estaba dotado de los sanitarios correspondientes.

Me había sentado el váter, y Olga —con una toalla que sacó de un mueble blanco de la izquierda— me secaba el pelo y la cara.

—Será mejor que te duches —dijo—. El médico de área tardará unas horas, según me ha dicho. —Hizo un silencio incómodo—. Supongo que lo has visto, enfrente ha habido un 15+C. Después del protocolo, vendrá aquí —informó—. Dúchate, yo avisaré a Caye. ¿Has tenido contacto con alguien más?

—Mm… no lo recuerdo…

¿Qué le iba a decir? ¡No sabría por dónde empezar!

No tenía información de nada, ni siquiera estaba segura de que estaba en la Tierra. Ahora que lo pensaba… ¡Exacto! Lo primero que tenía que hacer era averiguarlo todo: información de dónde estaba, quién era y, lo más importante, cómo volver con mi gente.

«Menos mal que tengo a Pirata», pensé. Desde que habíamos llegado, se había acoplado perfectamente, como si llevase aquí desde siempre. Había olisqueado un poco al principio, pero nada más. Se quedó frita en el sofá del salón en cuestión de segundos.

¡Por cierto!, ¿quién era Caye?

Decidí ducharme, ya tendría tiempo para descubrirlo. Por ahora, tenía bastantes acertijos de los que hacerme cargo, así que decidí que obtendría información en cuanto Olga y el médico se fueran. Buscaría respuestas en alguna parte, pero… ¿dónde? ¿Existiría Google aquí?

Me dispuse a curiosear la casa, habitación por habitación, y todo lo que vi me enamoró. Tenía 3 habitaciones —sin contar con el vestidor—, salón, cocina y dos baños. Ya me di por satisfecha cuando la vi desde fuera, pero cuando reparé en el vestidor… era como un sueño hecho realidad, el que todas y cada una de nosotras —las mujeres— queremos.

Conforme entrabas, doblabas a la izquierda para caminar por un pasillo diminuto, donde había un espejo entero de pared. Me llevé un buen susto, la verdad, hasta que me di cuenta de que era yo. Me reconocía, pero era más alta. O quizá me veía más alta por estar más delgada. Tenía el cuerpo que siempre quise tener. El mío, con sus defectos y lunares, pero delgado —no en exceso— con mis curvas. Mis pechos eran iguales. Ni espectacular ni despampanante, era una mujer normal y corriente. Me vi guapa. Como yo, pero al revés.

Volviendo al vestidor, tenía todo lo que siempre había soñado. Un galán de noche, un tocador precioso, organizadores, las puertas se doblaban hasta el final del riel. Toda la ropa me gustaba, excepto dos o tres conjuntos, pero el resto estaba bastante bien. Tenía un buen repertorio de colores, tamaños y estilos.

«Perfecto», murmuré, «no tengo un estilo definido».

La moda está bien, pero no encaja conmigo. Si una prenda me gusta, me sienta bien y estoy cómoda, me da igual si *se lleva* o si es de alguna marca conocida.

Cogí ropa interior, un pitillo cómodo negro, un jersey gris ancho de cuello vuelto, unos tenis blancos y listo. Tenía las manos heladas y el pelo mojado, por eso aún no se me había ido el frío del todo. Buscaría una toalla para secarme el pelo, necesitaba entrar en calor.

En el pasillo, cuando me volví a mirar en el espejo, me vi diferente. En esta ocasión, por dentro. Seguía encontrándome fatal.

La puerta se abrió sola y se *escondió* en la pared. Di un respingo del susto, ya que estaba poco acostumbrada, y atravesé mi dormitorio principal hasta llegar al pasillo que abría paso al salón. Miré de soslayo al sofá en busca de Pirata, quien dormía hecha un ovillo, por lo que supuse que también tendría el mismo frío que yo. Cogí una manta del sofá y la tapé entera —como a ella le gustaba— hasta la cabeza. «*Enterraita* en la manta», como diría Óscar. Me invadió una pena horrible en el pecho tras acordarme de él y de toda mi familia. Tragué saliva y fui en busca de Olga. ¿Qué cojones me estaba pasando?

Me oyó llegar…

—Hija, menos mal que has salido. No encuentro el café… ¿dónde lo guardas? He buscado en todos los muebles y no lo veo…

—En la nevera.

Lo dije sin pensar, porque en mi casa, de toda la vida, guardamos el café en la nevera una vez abierto. No me preguntes por qué, pero es así.

Me sorprendí cuando Olga la abrió y ahí estaba. Pensé que algunas cosas no cambian, aunque estés en otra dimensión.

Nos fuimos al salón para tomar el café. Por fin me iba a relajar unos minutos, estaba agotada. Olga me amplió información sobre la llamada al médico. Decía que algo no le había sonado bien —dentro de la situación, claro— pero que, cuando le dijo lo del 15+C, le dijo «voy al siguiente, un 15+C»… aunque yo decidí interrumpir su monólogo…

—¿Qué más da? No creo que sea el único —dije sin saber qué era 15+C. Claro, quería enterarme.

—¿¡No te preocupa!? Es la primera semana de confinamiento… ¿y ya hay muertos?

Ahí sí que no dije nada. Ya conocía su significado: 15+C es para indicar que una persona ha muerto.

En ese momento, sonó una música.

—Será el médico —dijo Olga—. Abre la puerta.

Me levanté del sofá y pensé que la musiquita del timbre estaba chula. Pirata se había despertado y se fue a mi dormitorio, ya que allí tenía su camita. Cuando la perdí de vista, fui hacia la puerta y puse la mano en el rectángulo de metal para que se abriera.

No esperaba que el médico pareciera un *astronauta*. Por un momento, pensé que estaba en una estación espacial. Me quedé impactada, aunque seguía teniendo frío.

—Buenas tardes —dijo el médico, aunque no lo veía muy bien.

—Hola —saludé.

—Buenas tardes —dijo Olga acercándose.

—Soy el médico del área 2020, Evren Bey —informó—. Hemos tenido un aviso de Abril Cantonés, ¿es usted? —Ella asintió y mostró su identidad en imagen proyectada desde una pulsera—. Mi número es 182 —dijo él mientras mostraba una identificación en una especie de tablet.

¡Por fin sabía cómo se llamaba Olga de verdad!

—Sí, coinciden los datos —sentenció Abril—. Pase, por favor.

Fuimos al salón, aunque me quedé de pie. No sabía muy bien qué hacer y, sinceramente, tenía miedo. El médico me lo tuvo que notar en la cara y se acercó:

—¿Es usted Celeste?

Asentí.

—No tenga miedo, solo son un par de pruebas. Cuénteme… ¿Qué síntomas tiene? —preguntó mientras me cogía de la mano.

—Me encuentro muy mal, estoy agotada —respondí—. A veces me cuesta respirar y he vomitado.

—¿Hace cuánto?

—Unas tres horas.

—¿Ha vuelto a vomitar?

—No.

Abrió su maletín y sacó algo parecido a una gasa.

—Abra la boca, por favor.

Me puso aquel pedacito de tela en la lengua y, pasados unos segundos, me la quitó y la guardó en un bote de cristal. Lo introdujo en un pequeño aparato metálico y pulsó un botón.

—¿Eso nos dirá si estoy contagiada? —pregunté.

—Sí.

—¿Y tarda mucho?

—No debería.

Se hizo un silencio sepulcral. Yo miraba a Abril asustada y ella a mí. Algo malo pasaba, estaba segura. Sonó un pitido intermitente, mi *tontito* (aspirador tipo Roomba) hacía lo mismo cuando se quedaba atascado en algún rincón.

—Me temo que no vamos a conocer los resultados, parece que el aparato no funciona bien. Los resultados no están claros. —El médico miró a Abril—. Voy a realizarle la prueba a usted para confirmar la avería.

Misma operación con ella, pero esta vez, y pasado unos instantes, Abril dio negativo. «Pero ¿y yo?», pensé angustiada.

—Voy a hacerle otra prueba y, si no funciona, tendrá que quedarse en cuarentena a la espera de que volvamos. Su amiga se puede marchar, pero usted no.

Me sacó un poco de sangre del dedo, y me volvió a hacer *la prueba de la gasa*. Se llevó las evidencias y se fue.

Abril no quería irse, así que la convencí diciéndole que estaba loca por quedarme sola y descansar. Lo entendió y nos despedimos. «En cuanto llegues a casa, avísame», le dije. A ver si tenía suerte y, cuando sonara lo que sea, quizá encontraba un móvil o algo por el estilo.

Cuando la puerta se cerró, no sabía qué hacer. Me tiré al sofá y miré hacia fuera. Todavía seguía lloviendo, pero ya no estaba el cartel de 15+C.

Me entraron unas ganas horrorosas de llorar, así que me desahogué con el primer cojín que pillé del sofá. Pirata me acompañaba desde que oyó que la puerta se cerraba. Ya había descansado algo. *Animalito*, intentaba consolarme. Me entraron ganas de reprocharle que estábamos ahí por su culpa, pero ese pensamiento fue fugaz y me la comí a besos.

Cuando se me pasó el mal rato, fui a beber agua. Estaba sedienta. ¡El agua era una pasada! Estaba tremendamente buena, cien veces mejor que la que compraba yo en el súper… ¿Qué decía cien? ¡Mil veces mejor! Pensé que Pirata tendría sed o hambre, así que busqué en los muebles hasta que lo encontré. No me costó mucho, la verdad, casi todo estaba en el mismo sitio que en mi casa de Málaga.

Al salir del salón, me acordé del aparato que controlaba todo. Lo busqué y empecé a darle a todos los botones —uno a uno— para ver qué pasaba. Conforme pulsaba, se encendía una cosa u otra. La intensidad y la frecuencia de las luces se podían cambiar según tus gustos, y también la opacidad de los ventanales. Ahora entendía por qué no había cortinas. Sin embargo, lo que buscaba era un ordenador o un móvil. En definitiva, Internet, pero sobre todo el móvil… ¡Tendría fotos! ¡Encontraría pistas de quién soy aquí!

No había manera, ese estúpido aparato era prácticamente un mando a distancia, pero solo para aquellos dispositivos que tuvieran conexión a la electricidad.

Se estaba haciendo de noche, y hacía rato que había dejado

de llover. Pensé en sacar a Pirata para dar una vuelta y despejarme, pero al llegar a la puerta, me acordé del confinamiento y de que aún no tenía las pruebas. Decidí que lo mejor sería quedarme en casa y no meterme en posibles líos.

El ventanal de mi dormitorio daba a una especie de patio privado. Había un par de sillas y una mesita, así que pensé que a las dos nos vendría bien tomar el aire.

Había puesto los cristales a mi gusto. De manera que, cuando entré al dormitorio, el sol que se escondía en el horizonte no me deslumbró. Salimos y, de repente, un objeto encendió una bombilla en mi cerebro…

¡Un libro!

Me lancé a cogerlo, como si fuera un billete de 500 euros. Pensé que ahí podría encontrar toda la información que buscaba, aunque también me di cuenta de que, si Celeste era como yo, tendría una estantería con historias de fantasía y ciencia ficción. No sabía lo que era peor… ¿cómo iba a distinguirlos?

De repente, sonó una música en el vestidor, pero no era como la del timbre, sino otra… ¡El móvil! ¡Alguien me estaba llamando!

De un salto, fui hacia la música, rezando para que no se acabara. En el tocador, había una especie de pulsera dorada con una luz intermitente. La cogí e instintivamente me la puse en la muñeca. Apareció la cara de Abril, proyectada hacia arriba, pero no se movía. Era como una foto o una imagen congelada por la cobertura… o eso creía.

—Menos mal que ha dejado de llover, he tardado más porque no veía nada... —dijo Abril—. ¿Cómo te encuentras?

—Bien, mejor —respondí—. Oye, necesito información para una tontería que estoy haciendo, ¿dónde me recomiendas buscar?

—¿Has buscado en *InfoFree*? —preguntó—. ¿Es para el trabajo?

—No, no. Es... para nada, solo por entretenerme.

—Pues ya sabes lo que dicen: «Si no está en *InfoFree*, o es mentira o todavía no existe».

Ya tenía la información que quería, ahora el tema era dónde estaba *InfoFree* y qué era... ¡Menudo follón!

—Ya, ya... pero no sé cómo buscar eso.

—Vamos a ver, Celeste, coges el instructivo, te metes en *InfoFree* y lo miras. Punto y final. —Suspiró resignada—. Estás muy rara, ¿eh? De verdad, estoy preocupada por ti. Mañana por la mañana te llamaré, y en cuánto llegue el médico y tengas los resultados, me avisas y me voy unos días contigo para que no estés sola. —Se quedó un minuto en silencio—. Por cierto, no he localizado a Caye, pero seguiré intentándolo. Y no me digas que no lo llame, ¿de acuerdo? Lo haré de todas formas, él tiene derecho a saberlo. —Otro silencio—. Celeste, ¿estás ahí?

—Sí, es que...

Me interrumpió de nuevo...

—Es que nada, Celeste, habéis estado muchos años juntos —me interrumpió—. Tiene que saberlo. Además, le echas de menos y lo sabes. ¿Te crees que soy tonta? ¿Que justo hoy te da por estar rara? —Suspiró—. Es normal, hace tres años de aquello… Pero, bueno, mañana hablamos, ¿vale? Que estoy muy liada. Descansa, anda, lo necesitas.

Y la imagen desapareció.

Tenía que buscar el instructivo, pero ya había tenido bastante por un día. No estaba para jeroglíficos.

Recordé el libro de la mesita del patio, y fui para echarle una ojeada y despejar la mente, si pudiera ser… ¡Dios, lo que daría por un cigarro! Quizá aquí también habría, al día siguiente le preguntaría a Abril.

Mañana… ¡Ah!, ¡mañana tengo la prueba!

¿Y quién era Caye?

La tristeza me volvió a invadir. Pensé en mi familia y en Óscar, cuánto los echaba de menos… Me metí en la cama y me eché a llorar a la espera de quedarme dormida entre lágrimas.

Capítulo segundo
La prueba

Pirata me despertó a lametazos. Había decidido que ya habíamos dormido bastante. El primer pensamiento que tuve fue el último con el que me acosté. Me quedé dormida entre lágrimas, y me dolía absolutamente todo. Y volví a llorar, cuando me di cuenta de que no había sido un mal sueño.

Los echaba de menos, tanto, que pareciera que llevaba allí un puto siglo. Me levanté de mal humor, con los pelos revueltos y una mala cara impresionante. Tenía los ojos hinchados y rojos por llorar tanto, incluso me escocían. En el cuarto de baño de mi dormitorio había bañera, así que me zambullí en ella y, con suerte, desaparecía.

Después del desayuno, cogí la pulsera móvil y, más o menos por intuición, encontré cosillas… Vi imágenes de Celeste —o sea, mías—, de toda clase de paisajes, calles con personas que se notaban desconocidas, edificios. Preciosas. Me di cuenta de que le gustaba la fotografía, era aficionada. Me resultó curioso, ya que mi abuelo era fotógrafo de profesión. Tenía un estudio en la calle Especería, en pleno centro histórico de Málaga. Lo recuerdo como si lo estuviera viendo ahora mismo. Y eso que yo no me acuerdo de casi nada, era muy pequeña. Pero, de esta, sí que la recordaba.

Mi propósito de ese día era descubrir quién era Caye, y sobre el planeta que habitaba desde ayer. No conseguía con las fotos jugar a «Quién es Quién», así que tuve una idea. Quizás, al decir el nombre en voz alta, la pulsera-móvil llamaría y saldría alguna foto. Entonces, yo colgaría y el misterio sería resuelto.

Seguro que funcionaría, eso ya pasaba en la Tierra con Google. Tampoco era para tanto, yo lo usaba cuando conducía. Qué decepción. Ya que estaba en un posible Planeta futurista, podrían existir coches voladores o platillos volantes. ¡Se supone que eran extraterrestres! Pues no, resultaba que, en ese planeta, en cuanto a tecnología se refería, no había avanzado mucho con respecto a nosotros. Además, allí la *extraterrestre* era yo.

—Caye —dije con voz autoritaria.

No pasaba nada.

—Llamar a Caye —repetí.

Y funcionó…

Esa vez no salió una imagen hacia arriba, sino en el antebrazo.

Sé lo que estás pensando…

Ojalá…

No, no era Óscar.

Era un hombre de mi edad, moreno, pelo medio largo,

con una barba media en la que se asomaban algunas canas, y una sonrisa preciosa. Sus ojos marrones brillaban con energía. Era bastante guapo y apuesto, aunque con eso contaba. En las fotos, observando las pocas personas que aparecían, me había dado cuenta de que las personas —sobre todo, las mujeres— eran muy guapas.

Con lo que yo no contaba era que contestaría la llamada.

—¿Celeste? —preguntó dudoso.

Me quité la pulsera-móvil de la muñeca de inmediato, como si me hubiera dado calambre. La tiré lejos —¡no vaya a ser que me vea de esta guisa!—, y se apagó. Tardé unos minutos en ir a por ella. Cuando me acerqué para cogerlo del suelo, se proyectó una pantalla traslúcida bastante más grande que la imagen de Abril de la noche anterior. En la pantalla, se veía una pregunta: «¿Quiere oír el mensaje de voz de Caye?».

Tras unos instantes… Bah, ¡ni instantes, ni nada! ¡Estaba deseando oírlo! Así que respondí: «Sí, quiero oír el mensaje de Caye». Ni respiré al escuchar su voz.

—¡Hola! —Sonaba entusiasmado—. ¡Hola! —Una pausa—. Celeste, espero que no te hayas equivocado al llamarme, porque si es así, disimula y mándame un instantáneo para que no me sienta mal. —Pausa y resopla—. Me siento estúpido hablando solo, en fin. —Pausa—. He visto las llamadas de Abril, pero no he tenido ocasión de devolverlas. Espero que las dos estéis bien. Sé por ella que abriste tu propio laboratorio de investigación y que estás a punto de conseguir tu novena medalla.

—Pausa—. Es… es fantástico, Celeste. Me alegro muchísimo, has trabajado mucho para conseguirlo. —Pausa y respira—. Tengo ganas de veros. Cuídate, ¿vale?

En la pantalla aparecía «¿Volver a escucharlo?» y no sabría decir cuántas veces contesté que *sí*. Hasta que me lo aprendí de memoria, diría.

¡Tenía que conocerlo!, aunque también tenía que buscar el instructivo para indagar en *InfoFree*.

Decidida a cotillear todo lo que pudiera desde el sofá de mi salón, en el que veía a través del ventanal. Me relajaba estar ahí. Estaba nublado, de esos cielos con nubes negras que presagian un diluvio. Ahondaba en mis pensamientos, y escudriñaba con la mirada cada rincón de las paredes, muebles…, todo lo que pareciera sospechoso de ser un ordenador.

Vi un aparato blanco y cuadrado en lo alto de uno de los muebles que no había visto hasta ese momento. Me recordó al disco duro externo que tenía en la Tierra. El mío era igual, pero en negro.

Cuando lo cogí, se iluminó una especie de botón, justo donde cabía un dedo. Intuí que era un lector de huellas digital… ¡Claro! ¡Como la puerta principal! Coloqué el dedo gordo de la mano derecha, y crucé los dedos de la otra, deseando que funcionara. En ese momento, se oyó la voz de una mujer mayor entrañable.

—Buenos días, Celeste. Hace 3 días, 5 horas y 49 minutos que no te he sido útil. ¿Quieres seguir por dónde lo dejaste?

Se leían dos respuestas posibles en una imagen pequeña proyectada: «Sí» y «No». Dije que «sí», y me senté en el sofá para disfrutar del espectáculo. La emisión —mucho más grande que la del móvil— era como una televisión, la imagen se preveía con una calidad superior a 8K. Se encendieron varias luces en distintos puntos de la casa, una justo a mediación del ventanal por el que tanto me gustaba mirar. Supuse que servirían como proyectores a su vez. Me acerqué al del ventanal, coloqué el aparato en la mesa de centro, y la voz femenina volvió a sonar.

—¿Quieres verme en tu «Rincón favorito»?

Estaba entrecomillado, con lo que entendí que *ella* lo habría catalogado así, y que también lo habría hecho por las distintas zonas de la casa. Me moría de ganas de conectarme para curiosear todo. Me senté en el sofá, sin perder la imagen de vista. Quería ver qué estaba haciendo antes de ser... yo... Bueno, me he explicado fatal, pero sé que lo has entendido... Total, que cuando aparece la imagen, casi me da un infarto. No por la imagen, sino por lo que había escrito.

«Su compra se ha realizado con éxito. Puedes disponer de las entradas para el concierto de Michael Jackson del 7 de Julio del 3235 a las 20h en LIFELP, en cualquier momento».

No sabía si reír o llorar, si me había muerto... Tenía tal embrollo mental que lo único que se me ocurrió fue quedarme de piedra. Me quedé confusa durante unos minutos, tiesa como un palo, leyendo y releyendo el mensaje. «Voy a imprimirlo ahora mismo y lo voy a enmarcar», pensé.

—¡Imprimir! —grité llena de emoción.

De repente, oí un sonido y pensé que era la impresora. Me alegré de no tener que jugar a los acertijos para buscarla esta vez, pero ese sonido me resultaba familiar. De hecho, lo escuché ayer mismo. ¡Era la música tan chula del timbre! Seguro que se trataba del Doctor Evren Bey. Abrí la puerta y, en vez de un astronauta, aparecieron tres. Me asusté.

—Buenos días, Celeste —dijo amablemente—. Soy Evren Bey, el médico del área del 2020. Mi número es el 182. Tal y como les informé ayer, volvería hoy. Espero que la señorita Cantonés esté bien, por cierto. ¿Podemos pasar?

—Sí, claro. Perdón, es que ayer vino usted solo y hoy…

—Sí, perdone mi despiste. Son el Consejero número 12, David Shepard, y uno de los cinco Superiores del Sector de I+D especializado en Virología, el Sr. Alan Scott. Como podrá comprobar, Celeste, no suponemos peligro alguno para usted. Bien, hechas las presentaciones, le pediría por favor, que se tumbara boca arriba y se subiera la camiseta.

«Así, sin anestesia. ¡Qué hombre tan directo!», pensé yo. Sonaba fatal, pero lo hice. ¿Qué otra cosa podía hacer?

—Así está perfecto. ¿De dónde es usted, Celeste? —preguntó en un intento de relajar tensiones.

Menuda pregunta, ya que yo no tenía ni idea.

—Soy de aquí de toda la vida —contesté.

No dijo nada, sino que se acercó a mí con una especie de aparato rectangular y me lo colocó sobre la piel. Se conectaba con una pantalla que proporcionaba lo que parecía la imagen de la sangre dentro de mi cuerpo. Debía de ser algún tipo de microscopio, pero no era una imagen fija, sino que lo veíamos en vivo y en directo. Supuse que, con eso, tendrían un diagnóstico inmediato no invasivo. Nada del otro mundo —nunca mejor dicho—, eso ya se había probado en la Tierra.

El Doctor David Yelin fue el que encabezó la investigación, incluso había sido probada en voluntarios con éxito. Me alegré, nunca me gustaron las agujas. Si me viera mi madre en estas condiciones... La añoré con tanta fuerza que tuve que contener la emoción. Estaba muy asustada y la necesitaba a mi lado.

—¿Lo ve, Sr. Scott? —preguntó Evren Bey—. No parece que haya indicios de contagio anterior, por eso el análisis me daba error. No porque no funcionase, sino porque...

—Perdón, Sr. Bey —interrumpió el Dr. Shepard—, ¿yo también podría verlo?

—Por supuesto —dijo, apartándose.

Los tres miraban a través de mí, literalmente. El Sr. Bey le daba con entusiasmo a casi todos los botones de la pantalla que se conectaba con la *supervisión* que tenía ese microscopio. Señalaba la pantalla, y los otros dos, asentían todo el tiempo. Yo solo veía los cascos, no distinguía rostros. Era angustiante, incluso estaba a punto de gritar de miedo.

—¿Esto significa que podemos...? —preguntó el Consejero David a Bey, pero este le interrumpió.

—Eso creo, Sr. Consejero. —Miró al virólogo, al Sr. Alan Scott, como buscando aprobación.

—Debemos hacer más pruebas, no podemos asegurarlo. Si el diagnóstico fuera correcto, podríamos decir —hablaba pensando en voz alta entusiasmado— podríamos confirmar —rectificó— que estamos a unas semanas de dar la noticia que todos deseamos oír desde hace ¿cincuenta y tres años?

Se volvió a mí, aunque yo seguía tumbada e inmóvil. No entendía nada.

—Señorita, su sistema inmunitario no se ha visto dañado por ninguno de los dos virus. Es algo que no había pasado nunca, ya que todos los individuos se han contagiado en mayor o menor gravedad. Además, y lo más extraño, tiene un bebé completamente sano en su vientre. Debemos hacer más pruebas, pero esto es…

—Un milagro —interrumpí con lágrimas en los ojos.

—No lo entiende, Celeste. Lo que quiero decir es que su inmunidad se debe a algo que no conocemos, y puede que su bebé también lo sea. Vístase y coja lo necesario, la recogerá un *driver cooperante*. Tiene que acompañarnos al hospital, pero nosotros nos adelantamos. Debemos hacer más pruebas de inmediato —dijo atónito y expectante.

—Sí, doctor Scott.

—El *driver* es el 201. No se entretenga mucho, tardará menos de una hora.

—¿Puede acompañarme alguien? —pregunté, llamaría a

Abril sin dudarlo para que viniera conmigo.

—Lo siento, pero hasta que no tengamos todas las evidencias, no podemos arriesgarnos. Espero que lo entienda.

Si me hubieran dicho un mes atrás que me pasaría algo parecido, me habría reído a carcajadas. Inmune, especial, única y… ¡embarazada! Esto último me encantaba, incluso me emocioné y me eché a llorar. Pensé en Óscar, en mi madre y en mis hermanas, pero no me podía dejar llevar por la emoción y me controlé.

Pillé un par de mudas de todo. También algo de abrigo, había uno rojo que me encantaba. Seguía haciendo frío y yo, al parecer, lo tenía metido en los huesos. En la pulsera-móvil, aún aparecía la pregunta de si quería volver a oír el mensaje de Caye. Esa vez, le dije que «no» y lo guardé.

Eché un vistazo a la casa… ¡Pirata! ¿Dónde estaba? ¡No la dejaría sola! Recordé que Abril me comentó que los perros tenían permitido el acceso en cualquier parte, así que decidí llevarla conmigo. Cuando ambas estuvimos preparadas, decidí esperar en la puerta para que me diera un poco de aire fresco. Estaba absolutamente perdida y confusa, no podía pensar con claridad.

El *driver* tardaba, y me entró sed.

Cuando iba a entrar en casa para beber esa maravillosa agua, vi una ranura —al lado del rectángulo que abría la puerta— por la que salía una luz verde. Acerqué la mano y se desplegó un cajón con un sobre en su interior. Cuando lo abrí, me di cuenta de que eran las entradas para el concierto de Michael Jackson. Al parecer, era un buzón. Me reí e imaginé que le contaba tal disparate a Óscar y este me miraba como si estuviera loca. Me las guardé en el bolsillo de mi abrigo y me olvidé del asunto.

A los pocos minutos, apareció el *driver cooperante* que resultó ser una ambulancia cualquiera. Bueno, rectifico, cualquiera tampoco.

Si tuviera que definirlo en una sola palabra sería *aerodinámico*. Era autónomo, ya que no había nadie al volante. Daba un poco de mal rollo, para qué engañarnos, pero molaba un montón. El vehículo era de color plata precioso, casi un espejo, parecido a un todoterreno enorme. Me acerqué con cautela, y se oyó una voz automatizada de hombre.

—Abriendo puertas… Soy Peter, el *driver* de cooperación número 201 —informó—. Señorita Celeste, suba, por favor. La llevaré a su destino. Gracias.

Me senté en la parte de atrás del *driver*, al lado de la ventanilla.

—Cerrando puertas —dijo el robot.

Pirata se sentó a mi lado. Me obligué a observar todo lo que pudiera durante el trayecto. Había una música de fondo, de esas que sirven de relajación, de las que te invitan a tranquilizarte, estés haciendo lo que sea. Y eso fue lo que me pasó. Disfruté de todas y cada una de las casas que vi ante mis ojos; también de los paisajes, a pesar de que el día era oscuro y gris. Aun así, todo se veía precioso, estaba lleno de colores. Al menos, esa zona estaba muy bien urbanizada. Se notaba que se construyó pensando a largo plazo, ya que había muchísima naturaleza. Me sorprendió que el equilibrio, entre construcción y zonas verdes, era prácticamente perfecto. Habían hecho un buen trabajo.

Cuán bello sitio sería adornado con gentes de todos los colores, tamaños y gustos, cada uno con su historia, todos diferentes pero iguales. Importándoles las mismas cosas, a todos, sin excepción. Salud, familia, amor. Lo verdaderamente importante en la vida de una persona, justo lo que yo había perdido en la Tierra y que no tenía aquí. Estaba sola.

La vida nos había pillado en *bragas* y nos había desprovisto de todo lo importante. Al menos, en la Tierra, se habían olvidado por completo de la naturalidad. Estábamos gobernados por una sociedad capitalista de mierda que construía centros comerciales, en vez de hospitales y colegios. La natalidad había descendido y las pensiones peligraban, entre otras cosas, por esa razón. Había más preocupación en enseñar tu vida a través de las redes sociales, que por vivir dichos momentos. La superficialidad había llegado lenta, pero progresivamente, y la habían aceptado de tal manera que la habían hecho suya. No solo estaba de moda, sino que tardaría en irse, a menos que se hiciera un arduo trabajo colectivo. Las chicas se operaban desde bien temprano, y no lo hacen por complejos o deformaciones, como la nariz de Cyrano. No, simplemente lo hacen para mejorar su físico.

Se decía que, 5 de cada 10 mujeres menores de 30 años, ya

se habían operado de algo. En primer lugar, siempre y obviamente, eran los pechos; el segundo los labios y, ya que estamos, también la cara: ojeras, bolsas, nariz. Todo un clásico, Después, liposucción y demás... ¡Genial! Soy de las que piensan que la cirugía estética es necesaria y devuelve la dignidad a la persona, pero no sería capaz de meterme en un quirófano por gusto. Llámame cobarde, lo soy.

Por otra parte, pienso, que si tuviera el dinero y mi vida profesional dependiera de mi imagen, lo haría sin dudar. Al fin y al cabo, era una decisión muy personal... como lo que hace cada uno entre las sábanas, ¿no? Cuando mis amigos me preguntaban sobre cómo era en la cama y demás bromas, siempre les decía: «Lo que pasa en Las Vegas, se queda en Las Vegas».

La conclusión era fácil: que cada cual haga todo lo que pueda para ser feliz y, por supuesto, sin hacer daño a nadie y todo eso... Ya me entiendes.

¿Quién era yo para vetarlo cuando yo misma no era capaz?

Estaban muriendo por miles. Las personas mayores y el colectivo de los sanitarios, los verdaderos héroes, sin duda alguna.

Y mi realidad, en ese momento, era completa y absolutamente incierta. Iba *sin frenos, sin casco y cuesta abajo*, o así lo sentía yo. Estaba sola con mi Pirata.

De repente, el coche se paró:

—Hemos llegado a su destino, señorita Celeste —pronunció el robot—. Espero que todo haya sido de su agrado.

Gracias.

Se abrieron las puertas y bajamos.

Me acerqué despacio a la entrada del hospital. Había parques comunes a los lados y, en el centro, un camino de piedra gris. El edificio era una imponente cúpula blanca, cubierta de placas solares. Había empezado a llover, pero yo seguía ahí, de pie, mirándolo todo…

—¡Señorita! —gritaban a lo lejos. Se acercaba una persona sin *traje espacial*, pero sí con una especie de pasamontañas. Era una mascarilla, aunque le cubría el rostro entero a excepción de los ojos, en los cuáles llevaba unas gafas transparentes—. ¡Señorita Celeste! —volvió a gritar, ya estaba más cerca—. Va a llover muchísimo, por favor, venga conmigo.

Me cogió del brazo y aceleró el paso para llevarme al interior del hospital.

Capítulo tercero
Inmunidad

En el recibidor del hospital, me di cuenta de que aquel hombre era el virólogo Alan Scott.

—Doctor Scott, no lo había reconocido —dije—. Disculpe…

—No hay de qué disculparse. —Rio a carcajadas—. Al contrario, si me mirara ahora mismo al espejo, ¡tampoco me reconocería!

Sonreí mientras le miraba a los ojos. Los tenía de un color verde aguamarina, eran preciosos.

—Lo veo contento, doctor, me alegro.

—Si estamos en lo cierto con usted, tenemos motivos de sobra para estarlo. —Señaló unas escaleras—. Venga, anímese, le enseñaré su habitación. Es muy especial, ¿eh? —vaciló elocuente—. La tenemos reservada para ocasiones singulares, y sin duda, esta es una de ellas.

—Gracias, doc…

—Por favor —me interrumpió—, llámame Alan, Celeste.

Alan no dejaba de mirarme fijamente a los ojos, diría que

me tenía hipnotizada. Sin duda alguna, Alan estaba bueno. Estaba decidido, con solo mirarlo los ojos…

Pasamos por el recibidor, diáfano en redondo, y con un mostrador ovalado interminable en el centro. Funcionaba como recepción.

Subimos en ascensor hasta llegar a lo más alto de la cúpula y, cuando las puertas se abrieron, nos llevó a la *superhabita*. Así la bauticé, ya que eso no era una habitación normal, sino que… ¡era mi piso de Málaga entero!

¡Una divinidad! Era como estar en el cielo, ¡increíble! «MA-RA-VI-LLO-SO», como diría un artista de mi tierra.

Ahora en serio, tenía un salón enorme con varias mesas —de distintos tamaños y alturas— y cocina americana. Toda la *superhabita* disponía de cristales, en vez de paredes, como los ventanales que tenía en mi casa.

Miraba alrededor, entusiasmada, como si me hubieran invitado a un hotel de lujo durante unas supervacaciones de ensueño. Si el resto era parecido a esto, ya podría estar agradecida y disfrutarlo. Esto no se vive todos los días.

Como buena malagueña, me encantan las terrazas. Fui directamente a la parte de afuera, ya tendría tiempo de sobra para descubrir el resto. Cuando salí… ¡Buah! Jamás, en mi vida, había visto semejante espectáculo. Y, obviamente, no miento.

La mini cúpula era de cristal. No había paredes, aunque no lo habría distinguido desde dentro. Por fuera eran cristales, pero por dentro, parecían paredes. Quizá las de mi casa también fueran así, y podrías decorarlo como tú quisieras. A lo mejor, incluso, habría paisajes con movimiento... De esos que ves las olas del mar, ¡con sonido incluido! Tendría que investigarlo, así que lo apunté en mi cabeza.

Era un ático, y todo lo de alrededor era terraza. Siempre tuve mucho vértigo. Soy de esas que, como la escalera tenga un hueco entre escalón y escalón, me echo a sudar. Imagina la voluntad que tuve para asomarme. Lo hice despacio, poco a poco, hasta que llegué al borde. Creo que, de lo bonito que se veía, no me dio ningún reparo mirar hacia abajo.

Me sorprendí a mí misma, casi asomada en el filo ensimismada. Minutos antes, estaba ahí abajo, en la entrada del Centro de Investigación.

—¡Ah! —Ya ni me acordaba de que *el guapo* estaba conmigo—. ¡Qué susto me ha dado!

—Lo siento. —Se echó a reír—. Perdóneme, Celeste.

—No se preocupe, mi madre dice que tengo un corazón *mu chico* —solté.

—Tiene un acento muy peculiar, no consigo acertar su procedencia —dijo—. ¿De dónde dijo que era? —continuó—. Pese a que las madres casi nunca suelen errar, le diré que esta vez, a ciencia cierta, la suya se equivoca.

Seguía mirándome con esos ojazos increíbles. Y yo estaba tan perpleja... incluso pensé que me estaba hipnotizando. ¿Sería posible? Uf, ya me había entrado el mal rollo.

—Ejem... —carraspeé—. Tengo frío, mejor voy dentro.

—Sí, por supuesto. —Entramos al interior de la *superhabita*—. De hecho, voy a dejarle que termine de instalarse con tranquilidad. Mañana subiré con el equipo y le explicaremos qué queremos hacer y, si usted está de acuerdo, después de la firma protocolaria y apertura de expediente, empezaremos a trabajar al día siguiente —explicó—. Espero que esté cómoda, y si necesita cualquier cosa, en recepción tienen instrucciones de atenderla como es debido. Por cierto, necesito que los avise, por favor, si tiene alguna alergia o intolerancia alimentaria. Y, si tiene algún capricho, también puede llamarles. —Se echó a reír—. Le traerán la cena en cuanto usted la pida, en la cocina disponen de todo lo necesario —dijo mientras se alejaba—. ¿Cómo se llama su acompañante? —preguntó divertido, acariciando a Pirata. Ella estaba encantada, incluso le hizo una fiesta de presentación.

—Se llama Pirata —contesté—. No tengo dónde dejarla y tampoco quiero, no me gustaría... En fin, yo no quisiera...

—Tranquila, Celeste —me interrumpió—. Pirata y tú sois bienvenidas. Diré que le traigan lo necesario, ya que no contábamos con ella. —No paraba de acariciar a mi perrita—. Hasta luego, Pirata.

—Muchísimas gracias, Alan.

Me quedé solita, ¡por fin! Después de hacer lo que cualquier persona normal hace cuando llega a su casa, me tumbé en uno de los sofás del salón. Otro día más acababa, y no había conseguido información relevante sobre este mundo; tampoco encontré cómo volver a la Tierra. Me moría de cansancio, y no entendía nada.

Tenía tanta información en la cabeza que procesar... que, ahora con lo de la inmunidad y el embarazo, era demasiado para mí. Tenía pánico. Era todo demasiado bonito para ser verdad, ¿o no? Lo sabría en breve. Al día siguiente, para ser más exacta. «Mañana tendré una reunión con *cerebritos* en la que, seguramente, no me enteraré de nada», susurré inapetente.

Sonó una música, y pensé que sería la puerta. Al acercarme a esta, salió un holograma —supuse sería el porterillo—, una chica y los símbolos de descolgar y colgar se veían intermitentes. Descolgué, aunque solo era un aviso de que subían unas cuantas cosas para la invitada inesperada.
Con las comodidades de las que ambas disponíamos, me puse manos a la obra. «A buscar información se ha dicho», le dije a Pirata, aunque estaba tan cansada que fue un intento fallido. No aguanté más de una hora despierta.

La estancia disponía de una sala que, a su vez, tenía otra sala en su interior parecida a un quirófano. Antes de entrar, se pasaba por un *túnel de lavado* que daba una luz fluorescente que, según decían los *cerebritos*, era para desinfección en caso de ser necesario.

Aparecieron de dos en dos, luego de tres en tres, hasta que perdí la cuenta de cuántos había en la sala contigua. Esta servía de *sala de reuniones*: hablaban, debatían y especulaban con lo que podían o debían hacer… El debate parecía interesante, pero para mí, era hebreo antiguo. Hacía rato que le había dado al interruptor de mi diminuto cerebro, aunque lo observaba con toda la atención posible. Me esforzaba por entender lo que fuera, algo. Creo que fue justo después de caso índice cuando volví al acalorado debate.

Alan hablaba con algunos colegas, quienes tomaban notas en unas tabletas. Eran iguales que las nuestras, pero transparentes, y en ellas se veía estadísticas, números, órganos, etc. El color de las pantallas era, precisamente, el color celeste.

Que me enrollo…

Cuando oí caso índice sabía a qué se referían, querían decir *paciente cero*, aunque eso, a mi entender, era incompatible con «nunca se ha contagiado». Ahora entendía aún menos…

«Tengo sed», pensé. Iría a beber agua y aprovecharía para darle una vuelta a Pirata, aunque la había perdido de vista desde hacía un rato.

Salí de la *sala de reuniones* y busqué a Pira con la mirada hasta que la encontré dormida hecha un rosco. Después del fiestón que montó para saludar a todo el que entraba, estaba tumbada en un sofá individual al que le llegaban algunos rayos de sol. La tapé con cuidado para no despertarla. La tenía a ella, pero cómo echaba de menos a Bandio...

Fui al grifo a beber *agua bendita*, así la nombraría de lo buena que estaba. Escuché unos pasos acercándose y giré la cabeza con mi vaso lleno.

Reconocía esos ojos marrones brillantes, pero no eran los del virólogo Alan Scott. Los había visto el día anterior.

Espera... ¿¡Caye!?

—Hola —dijo con miedo—. Celeste, intenté avisarte, ayer te llamé varias veces para decírtelo, pero fue imposible, me llamaron después de dejarte el mensaje, con lo que supuse que me llamabas para contármelo... ¡Estás embarazada, Celeste! —Noté decepción y sorpresa al mismo tiempo—. No he podido negarme, mucho menos sabiendo que eras tú y que estás... Bueno, estás muy distinta, apenas has participado en ninguno de los debates. No has dicho nada al respecto, y es raro que no aportes tu opinión, pero... en serio, Celeste... todo va salir bien, créeme.

Se refería a que yo, en este planeta, era científica. Y, por lo visto, bastante activa y rigurosa. Otra cosa que debía anotar para buscar. ¿En qué trabajaba yo? Si tenía alguna investigación pendiente, lo que sea. Cualquier cosa.

«Buscar información sobre mi vida profesional», anotado en mi cabeza. Y la más intrigante de todas: si hacía tres años que Caye y yo lo dejamos, ¿quién era el padre del bebé? O, tal vez, ¿se trataba de una decisión personal?

—Celeste —siguió Caye—, ¿me has oído?

—Perdóname, tenía la cabeza en otra parte. —Bebí agua y lo miré con más atención, le brillaban los ojos mucho más que en la foto—. Tranquilo —acerté a decir—, entiendo que no tenías opción. Yo habría hecho lo mismo si fuera tú. Es decir, si fuera yo, también habría hecho igual, porque está claro que yo no soy tú. —Era peor que un papagayo, fatal, aunque él miraba divertido—. Considero que —buscaba un motivo coherente lo más científico posible, pero no se me ocurrió ninguno— esta vez —dije por fin— ¡soy el paciente! Eso es, yo soy el paciente. —Sonreí victoriosa por la ocurrencia—. Y los pacientes se tienen que dejar guiar, porque si no… pues… —Puso su mano en mi brazo izquierdo cariñosamente.

—Para, Celeste, lo he entendido perfectamente. —Vi que sus ojos sonreían—. Me alegro que no te haya sentado mal, sino habrían sido unos días muy largos —bromeó—. Por ahora, todo el equipo está aquí, así que nos quedamos. Nos han habilitado una planta para nosotros. —Paró de repente y me apretó el brazo—. Me alegro de verte. Y no tengas miedo, todo saldrá bien. Vamos, hay que poner en marcha el protocolo. Qué fuerte, ¡estás embarazada! —se entusiasmó.

—Bien, sí, vamos.

Después de firmar no sé cuántos documentos digitalizados, hacerme no sé cuántas veces el análisis de la gasita en la lengua —con el aparato del *supermicroscopio*— y alguna que otra cosa nueva, ya estaba absolutamente desvergonzada. Me daba igual. ¿Camiseta para arriba?, pues para arriba. Ahora a este lado, pues para allá. Sin problemas. Hacía todo lo que me decían, tal y como me pedían. Era lo mínimo. Esas personas se estaban jugando sus vidas para atenderme a mí.

Y empezó —lo que yo bauticé— *el turno de pruebas*. Conforme los grupos iban debatiendo, se dividían en siete grupos, uno por especialidad pertinente al caso. De esa manera, cuando me hacían las pruebas en el centro de la sala, los que estaban a mi alrededor —separados por cristales— tomaban notas, y según veían las pruebas que me realizaban en directo, debatían las posibles causas, efectos y especulaciones. Según había visto, cada grupo tomaba notas, y al final, eliminaban —según probabilidades— hasta la siguiente prueba para verificar la nueva posibilidad. No hubo conclusión alguna, solo que el embarazo iba cómo debía y que, definitivamente, no me había contagiado. Lo que no sabían era por qué.

Ellos tuvieron un brote hace 9 años atrás, el cual se llevó casi diez millones de vidas. Una tragedia. Sus vacunas disminuían los efectos y reducía el número de muertes, pero no era suficiente. Ahora podrían hacer una que, no solo destruía al virus en horas, sino que, además, el sistema inmunitario del inoculado lo atacaba con más tenacidad y eficacia.

Sin embargo, el *Sars34* —la nueva cepa— no solo era altamente contagiosa, sino que, si ya te habías contagiado y te volvías a contagiar de la nueva variante, era más mortal.

Con mi sangre, conseguirían matar al virus en cuanto se

contagiaran.

Había mucho movimiento. Iban de un lado para otro, como locos, con todo tipo de dispositivos y hologramas. Ya no se distinguía organización, ahora todo era un absoluto caos. Pero ese caos, en cierto modo —y desde mi punto de vista—, era digno de ver. Todos hablaban con todos, compartían datos, etc. Unos pensaban solos, otros hablaban en grupos. Los había observado detenidamente. Cuando las ideas se acababan, empezaban de nuevo. De repente, me parecieron humanos.

Habían pasado casi dieciséis horas desde el inicio y seguíamos igual. Algún dato nuevo, algo para anotar, pero nada más. Ya se los escuchaba menos. La mayoría estaban extasiados: uno medio tumbado en una silla, otro dormido sobre la mesa, alguno sentado en un rincón del suelo… Era evidente que estaban agotados.

Me acordé de que Alan me dijo que llamara para lo que fuera, así que pedí comida, bebidas, café y todo lo que nos diera un chute de fuerzas. Les haría falta, pobres.

La chica que apareció en el holograma, desde lo que parecía un videoportero de toda la vida, me dijo que debía llamar a otra persona a partir de la mañana siguiente, ya que se me asignaba una enfermera altamente cualificada y con diez medallas en su poder. «Imagino que ya sabe de quien le hablo, pero como mujer, me encanta decirlo. Es la primera mujer y persona más joven de nuestra historia que lo ha conseguido», informó, «usted estará en las mejores manos».

No entendí nada. Otra cosa para buscar, y anotada en mi cabeza. Ya iban cuatro cosas, si no me confundía.

Me di una ducha rápida. Nadie, por mucha tecnología que hubiese —que tampoco era tanta—, haría comida para unas cuarenta personas tan deprisa, así que aproveché. Ya fresca, y con la dignidad que devuelve una buena ducha, me vestí, cogí un abrigo y salí fuera a tomar el aire. Comprobé que, aunque —para mí— habían pasado unas catorce horas y debería ser de noche, daba la sensación de que estábamos a primera hora de la tarde. El sol se podía ver aún bien alto.

«Aquí los días serán distintos», pensé.

Sin embargo, a mí se me había hecho eterno. Ninguno de los estábamos allí, habíamos parado ni un solo momento desde que empezó el *desfile*. Respiré hondo, y aunque la ducha me había sentado fenomenal, el sueño no se me había quitado del todo. Necesitaba un respiro.

Sonó una música…

¡El café!

Corrí para abrir la puerta. Los que dormitaban, se despertaron sorprendidos y atontados a causa del timbre.

Les di paso y caminaron hasta el salón. Se quedaron perfectamente alineados, de manera que, en el centro, quedó un rectángulo mientras esperaban con las bandejas en alto. El resto, mientras tanto, rellenaba la despensa; y otros, en cambio, limpiaban, recogían y desinfectaban. Todos estaban protegidos por un traje. La imagen impresionaba. Todos trabajaban en equipo y muy bien coordinados.

El primer chico que vi, cogió el mando y pulsó varios botones. A los pocos segundos, se abrió el suelo y subió una especie de plataforma. En ella, había una mesa con capacidad para —al menos— 60 personas, y otra mesa aislada con una especie de mampara. Olía a café y a pan recién hecho. Todo olía rico y yo me moría de hambre, ya que no había comido nada desde que llegué.

«A ver con qué me sorprenden», musité.

Un chico puso una bandeja en la mesa aislada y me invitó a que me metiera con un gesto. Ya allí dentro, me dio un mando, y la rodearon con unos cristales transparentes que salían del suelo hasta el techo. Pirata apareció de la nada en el último momento y las saltó con una agilidad envidiosa. Había olido la comida y estaba claro que quería comer. Todos reímos al verla.

La sala de ellos se iluminó de una luz fugaz, potente y fluorescente. La desinfectaban por seguridad. Café, bollos recién horneados, pan recién hecho, dulces, frutas diferentes. No sabía si sería lo habitual, pero desde luego me pareció más que completo.

Cuando ese equipo maravilloso desapareció, todos se sentaron donde pillaron. Se quitaron las gafas y el pasamontañas que habían llevado puesto durante todas estas horas. Cuando vi la cara de cada uno, me sentí culpable. Había hombres y mujeres, de todas las edades, tamaños y colores. Pensé que estaría rodeada de alienígenas, pero al verlos, me sentí mejor. Por fin algo era medio normal. Se pusieron a comer sin parar de hablar y de reír.

Pira y yo devoramos todo lo que me pusieron, ya que tenía una pinta fantástica. Probé una miel riquísima, que fue lo que más me gustó. Eso, y el café. El pan sabía a pan, aunque no recordaba que tuviera ese sabor.

Cuando ya estábamos acabando, Evren Bey —quien encabezaba la investigación junto con Alan y David Sherpard— habló:

—Colegas, hoy hemos hecho lo que debíamos, y aunque hemos avanzado poco, vamos por el buen camino. Sin embargo, necesitamos y debemos descansar. Váyanse a sus habitaciones, hablen con sus familias y descansen. Mañana, a primera hora, retomaremos por donde lo hemos dejado. Valoraremos, primeramente, la necesidad de equipo profesional armadura. Según los datos obtenidos, pienso que es suficiente con mascarilla y distancia de seguridad. De todas formas, podéis venir armados, si lo queréis.

Todos estuvieron de acuerdo. Conforme acababan, se marchaban a sus habitaciones. Y así, uno tras otro, hasta que mi *bebetuki* y yo nos quedamos solitas.

Le di al botón del mando para desinfectar la estancia, llamé a recepción para preguntar cómo se recogían las sobras, pero me dijeron que pulsara otro botón para *esconder* la mesa y que ellos se encargaban. Así lo hice. Sin duda, me encantaría tener uno de esos botones en mi piso de Málaga.

Tenía que ponerme las pilas y averiguar todo lo que pudiera. A ver qué sorpresa me esperaba...

Capítulo cuarto
Soledad

En soledad y agotada, me serví más café. Pirata acababa de desayunar, aunque ya dormía plácidamente mientras los rayos de sol calentaban su cuerpecito.

Volví a esa magnífica terraza, las vistas enganchaban. Aún de día, al Este se divisaba una especie de ciudadela vegetal. Los edificios residenciales se distinguían con facilidad, todos estaban cubiertos en la parte superior por vegetación. Las carreteras, que estaban a diferentes niveles de altura, fluían diferentes tipos de vehículos: trenes, coches, autobuses, y todo lo que llevase motor. Sin embargo, la que más afluencia tenía era de bicicletas y otros medios de transporte ecológico. Daba la sensación de que se clasificaban por velocidad, y todas tenían muy poco tráfico.

Miré hacia abajo y busqué la zona de aparcamiento, aunque no había ninguno. Imaginé que todos los edificios tendrían aparcamientos subterráneos. A mi izquierda, en el horizonte, captó mi atención una especie de campo de fútbol o polideportivo. Parecía gigantesco, era ovalado y se intuían las gradas. Había una gran separación con respecto a los edificios de su alrededor. Habían cuidado en apartarlo del resto.

En esa parte, el resto de edificaciones eran más antiguas y mucho más altas, pero en sus azoteas tenían ese color verde maravilloso de la madre naturaleza. Muchos de ellos estaban cubiertos de cabo a rabo, donde tan solo se distinguían los grandes ventanales de cada planta. Eran altísimos, debían de tener como cien plantas de altura. En otros, se notaba la primera planta libre de flora; locales públicos, eso sí, cerrados. En este lado, las carreteras casi llegaban a la misma altura que los bloques más altos. En esa zona vivía mucha más gente, estaba segura. Quizá se trataba del centro de la ciudad, o de la zona más antigua.

Indudablemente, habían sido capaces de construir edificios bioclimáticos, más respetuosos con el entorno. Supuse que gestionarían el control de residuos de forma sostenible. De lo contrario, lo que estaba viendo no sería posible.

Las calles, en ese momento, estaban inhabitadas. Un desierto tendría el mismo gentío. Daba la sensación de que veías un dibujo de esos maravillosos mundos creados por cualquier autor de ciencia ficción, una especie de ciudad futurista. Sin duda, era lo más bonito que había visto en toda mi vida. Superaba, absolutamente, los muchos libros y películas que había leído y visto hasta ahora. Era mejor, incluso, que en mi propia imaginación.

«Si los míos pudieran ver esto…», pensé.

Todo era tan abrumador que no sabría ni por dónde empezar, pero mi pena por no estar con los míos no había desaparecido. Al contrario, la incertidumbre de qué estaba pasando, de dónde estaba o si estarían bien, me asaltaba la mente sin permiso a cada segundo… Me eché a llorar como una cría. Tenía una opresión en el pecho que me ahogaba, no podía pensar con claridad… ¿¡Qué iba a hacer ahora!? No podía contar con nadie, estaba sola como jamás en mi vida… ¡y embarazada!

No podía parar de llorar.

Noté las patitas de Pirata en mis piernas. Al parecer, me había oído y venía a consolarme como Bandio y ella hacían cuando estaba triste. «Al menos, te tengo a ti», dije en voz alta y la cogí en brazos. Me consolé con ella.

Algo más despierta con el café y los mimos de Pira, eché un vistazo a esas bellas vistas y entré decidida para dar contestación, al menos, a la primera pregunta.

«¿Dónde estoy?».

Usé el instructivo y formulé esa misma pregunta en voz alta. Me dio la localización exacta y, a partir de ahí, empecé a preguntar todo lo que pasaba por mi cabeza. Aprendí la frase «anota esto» para que se quedara grabado, y de esa forma, accedería a la información recopilada con la palabra *registro*. No os podéis imaginar la adrenalina que sentía. Sencillamente, era maravilloso, como estar en un sueño.

Estaba en otro mundo, todo lo que había deseado desde

que tenía uso de razón. Una pregunta me llevaba a la otra, y así sucesivamente.

Descubrí, o al menos eso creía yo, lo básico.

El planeta, en cuestión, se llamaba Kurhar. Pertenecía al Sistema Solar Teriomer, y este, a la constelación de Aniram.

Y, evidentemente, el Kepler de La Nasa no lo había descubierto. Insté a aquella especie de Alexa para que buscara mi planeta. Le conté todo lo que sabía de mi auténtico mundo, aunque lo único que repetía todo el tiempo era «No hay datos». Pensé que lo mejor sería desistir y me centré en descubrir todo lo que fuera útil en mi paso por allí, que esperaba fuera muy poco. Aunque, en el fondo de mi subconsciente, sabía que quizá jamás volvería a mi mundo. Pero no quería ni pensarlo, eso no entraba en mis planes.

Me pasé el resto del día investigando, comiendo, llorando a ratos, dormitando, viendo vídeos para tomar notas y guardar aquello que merecía recordar. Había tanto que descubrir que, en más de una ocasión, tuve que resetear el cerebro para centrarme en buscar otros datos que me sirvieran. Me dispersaba y volvía a empezar.

Después de tantas horas, llegó un punto en el que me sentía *infoxicada*. Paraba, salía al terrazón con Pira, jugaba con ella, respiraba hondo, miraba el horizonte —mirando sin ver, echando de menos a mi gente—, y vuelta a empezar.

Los edificios estaban construidos de madera para minimizar la huella de carbono. Los aviones —que sí existían, aunque yo aún no había visto ninguno— se impulsaban por hidrógeno con el objetivo de no producir emisiones nocivas para el planeta.

Descubrí un Michael Jackson que nació hace 30 años.

Que, los que habitaban el planeta Kurhah, eran Kurhahnos. Que el gentilicio de Faruza —país donde estábamos— era Faruzanos. Y que, dentro de Faruza, estábamos en la capital Faraxy.

Las ciudades siempre empezaban por las tres primeras letras que formaban el nombre del país. Había cinco ciudades en Faruza: Faraxy —donde yo me encontraba yo—, Fartu, Farkime, Farprovita y Farxuma.

Y países… ¡había cientos!

La ciudad más pequeña medía casi igual que la ciudad de New York, unos 823 km2.

¡Cuántas cosas por ver!

No había manera de compararlo con la Tierra, pero deduje por sus habitantes, que sería como veinte veces más grande. Hasta donde yo sabía, en la Tierra habitaban 7.700 millones de personas. Pues aquí, en el cierre del año pasado, llegaron a casi 152.000 millones.

Pero, lo que más llamó mi atención, era que la *raza blanca* era minoritaria. De hecho, solo los Faruzanos eran quienes tenían el color de piel claro. Aquí los llamaban Faruzanos, y aunque era evidente que existían razas distintas, no había nombre para ellas. Las diferencias eran pura genética, y se trataban como tal. El resto de la población eran *de color*, pero aquí no se usaba ese término. Sencillamente, no existía.

Me sorprendió lo prácticos que eran para todo.

Sentí rabia al pensar que —debido al confinamiento— no podía disfrutar del paisaje, de la gente y demás. La pequeña representación de médicos que conocía era la única idea que tenía de cómo eran y de sus mestizajes.

La creación de las ciudades se hacía desde los cimientos, y se ampliaba conforme se acababa la *primera parte*, de ahí a que yo distinguiera la parte más alta de la ciudad más al este. Aquella que me pareció *antigua*.

Un holograma en mi pulsera —que había olvidado, por cierto— me sacudió de golpe. Era Abril…

—¿¡Cómo estás!? ¡Por fin hablo contigo! Cuéntamelo todo: ¿Te están tratando bien? ¿Qué tal te encuentras? ¿Qué tal con Caye?

—¡Hola! Me he acordado mucho de ti, la verdad. Bueno, por orden: Me tratan fenomenal, estoy perfectamente, y con Caye… nada relevante…

—Pero ¿te ha dicho algo? ¿Habéis hablado?

—Sí, pero todo en relación con el trabajo y eso, nada especial… ¿Cómo estás tú?

—Como di negativo en las pruebas, me ciño a las normas de confinamiento ordinario. Te echo de menos, y ahora más. ¡Estoy superaburrida! Leyendo un libro de los que seguro te gusta, por cierto, se llama…

Se calló de repente.

—¿Hola? ¿Estás ahí? Niña, ¿me oyes?

—Sí, sí, estoy. Perdona, me estaba escribiendo un cliente. Te llamo ahora.

Se cortó.

De nuevo, estaba sola y entristecí.

Apareció el holograma de la chica de recepción. Estaba en espera, pero aparecían los iconos intermitentes de descolgar y colgar. Descolgué, ¿acaso me quedaba otra opción?

—Srta. Celeste, tiene visita. Por favor, recuerde mantener distancias y usar mascarilla, desinfectar la estancia antes y después de recibir a su visita. Si necesita cualquier otra cosa...

—Sí, por favor. ¿Cómo lo hago? —interrumpí.

—No se preocupe, yo lo haré desde aquí por usted.

—Genial, gracias.

Seguro que era un médico o algún sanitario. «Puertas y ventanas cerradas», escuché que decía una voz robótica. De repente, una luz fluorescente apareció en mi habitación. «Estancia segura», volvió a decir segundos después.

Y se abrió la puerta del ascensor...

¡Era Abril!

Nos abrazamos y lloré como una niña pequeña. Me separé, acordándome de la distancia de seguridad.

—No te preocupes, mujer, ya verás que todo sale bien —dijo Abril emocionada—. ¿Qué te creías? ¿Que no vendría a verte?

—Ay, ¡qué raro todo!

El holograma salió de nuevo. Al parecer, tenía una llamada entrante. Acepté.

—¡Chicas! —exclamó Caye—. Os dejaré a solas un ratito. En una hora o así, estoy ahí y cenamos juntos. ¿Os apetece?

—Que sea una horita larga, ¿eh? —Abril me guiñó un ojo—. Nos tenemos que poner al día.

—Vale, ¡os llevaré algo muy rico! —colgó.

Ella pareció entender mi confusión:

—Se lo habrán dicho en recepción, tienen que avisarle de todo aquel que te visite —informó Abril—. En unos días, tendrán que hacerme un seguimiento al salir, pero bueno, merece la pena... Venga, vamos a sentarnos y charlamos tranquilas.

Después de sentarnos, Pirata —como buena anfitriona— se acomodó con ella, ya que también se alegraba de que Abril estuviera con nosotras. Hablamos de mil cosas, y yo aproveché para preguntarle otras cuantas más.

Me había traído ropa de casa, un par de libros y unos cuantos zapatos para *cada ocasión*, porque según ella, «nunca se sabe».

Me contó que había mucha psicosis en la ciudad. Al parecer, no se hablaba de otra cosa. Miraban, a cada minuto del día, las puertas de las casas en busca de símbolos. Nadie salía a la calle, adquirían todo lo necesario a través del instructivo. Abril, lo había programado para que, cuando se quedara sin algún producto, se comprara automáticamente. De esa forma, se dedicaba a perfeccionar sus estudios —estaba especializada en nutrición y cosmética—, dos de sus pasiones. También había estudiado un grado superior en Belleza y Estética, llevaba un par de años combinándolo con el trabajo.

—Quiero aprovechar el tiempo —dijo—. De lo contrario, me voy a volver loca.

«¡Qué ironía!», pensé, «yo sí que estoy a punto de volverme loca».

Estaba decidida a contárselo todo, la verdad sobre mi verdadera identidad. También quería decirle que estaba embarazada, quizá ella supiera quién era el padre. No encontraba el momento, pues ella no paraba de parlotear:

—Por cierto, tengo algo para ti —dijo—. Es de todos los compañeros de trabajo, incluida yo. —Sonrió—. Espera, que lo cojo.

Se levantó y sacó una cajita pequeña del bolsillo de la chaqueta —que había dejado apoyada en el sofá de enfrente—, y Pira aprovechó para irse a su rincón favorito.

—Toma, espero que te haga la misma ilusión que cuando recibas la de verdad. Cosa que todos tenemos claro que pronto ocurrirá…

—No sé qué decir, es que…

—Chiquilla, ábrelo y me dices.

Era una cadena con una medalla, pero no parecía una medalla cualquiera. Quiero decir, no era una Virgen, ni nada por el estilo, sino que era una medalla en sí. Era blanca con un número grabado. El nueve.

Me acordé del mensaje que Cayetano me dejó en el buzón de voz: «a punto de conseguir la novena medalla». Pensé que el número de medallas adquiridas tendría mucha importancia. La chica de recepción también hizo mención a la enfermera que me atendería a partir de mañana, «la mujer más joven que ha conseguido las diez medallas».

Yo no entendía nada.

Disimulé tanto como pude, pero no aguanté y lloré.

—Venga, Celeste. Si llego a saber que te ibas a horrorizar, ¡no te regalamos nada! —dijo para animarme—. También te han hecho un vídeo, pero mejor te lo envío a la pulsera y lo miras cuando quieras. ¡No quiero que llores más! Vete al baño, anda, y arréglate un poco. Seguro que Caye estará al llegar. Yo, mientras tanto, voy a adecentar esto un poco...

Había estado tan ensimismada en busca de información sobre este mundo, que había tazas, cubiertos y vasos desperdigados por la sala. Rebusqué en la ropa que Abril me había traído. Me apetecía cambiarme, así que me di una ducha exprés. Me coloqué un pantalón y una camiseta ancha. Decidí ir sin zapatos, tenía ganas de sentir los pies en el suelo. No sabía muy bien qué me esperaba, así que respiré hondo y salí con el pelo recogido y calcetines de invierno.

—Mucho mejor —dijo Abril cuando me vio. La ayudé a acomodar el sitio y nos sentamos, pero esta vez, en la mesa—. ¿Cómo va la investigación? ¿Habéis dado con algo?

—Bueno, yo estoy...

Caye apareció en forma de holograma.

—Acepta —dijo Abril.

«Desinfección completa».

Abril se recolocó la mascarilla.

—Espero que sea verdad lo de la cena rica, no he comido nada decente en todo el día —dijo, tocándose la tripa.

—A ver con qué nos sorprende —dije en voz alta.

«Espero que me guste», pensé, «lo de antes estaba espectacular».

La puerta del ascensor de la *superhabita* se abrió de par en par, y Caye hizo acto de presencia. No llevaba traje espacial y parecía otra persona distinta. Era un hombre muy atractivo, pero a mí no me inspiraba nada. Supuse que era debido a que yo era Carla, y no la verdadera Celeste. Y Carla estaba muy, pero que muy, enamorada de Óscar.

«Dios mío, ¡¿en qué follón ando metida?!», grité internamente.

Abril y él se saludaron con mucho afán, parecía que se llevaban genial. Yo me había levantado de la mesa, aunque no sabía si acercarme a darle dos besos o quedarme quieta y mantener distancia de seguridad.

Opté por lo último.

—Hola, Caye —saludé—. Qué bien que habéis venido, necesitaba algo de normalidad...

—Sí, nadie se lo esperaba. Después de todo lo que sufrimos, creíamos que esa parte de nuestra historia estaba cerrada.

Pero bueno, aquí estamos... —Suspiró—. De todas formas, hoy está prohibido hablar de todo eso. Además, ¡tenemos muchísimo que celebrar! Celeste —dijo cogiendo un vaso, y yo me precipité en hacerle señales de que aún no se lo había contado a Abril. Él lo comprendió y carraspeó—. Vamos a cenar rico, con los amigos de siempre, y también a reírnos otra vez de cuando Abril se cayó al río hace un par de años —dijo sin parar de reír.

—¡De eso nada!, ya os habéis reído bastante de mí desde entonces —replicó Abril—. Yo recuerdo otra anécdota... ¿Qué tal el día que te equivocaste en clase de Alquimia Antigua y casi salimos ardiendo? —Abril y Caye se rieron a carcajadas, y terminaron por contagiarme.

—Celeste, por favor, ni una palabra a mis colegas. No volverían a confiar en mí. —Caye se reía mientras se quitaba lágrimas de los ojos—. Bueno, chicas, os vais a quedar sin palabras cuando os enseñe esto. —Cogió una bandeja enorme que llevaba con tapa, y la puso en lo alto de la mesa—. ¿Preparadas? —preguntó vacilón—. ¡Ahí va la especialidad de Cayetano de Los Ríos! —Levantó la tapa—. ¡Capturado por mí, además!

—¡Ah! ¿Qué es eso? —pregunté.

Abril y Caye rieron, pero yo estaba sorprendida. Era una cigala enorme, exageradamente grande. Parecía que medía más de sesenta centímetros.

—Y para acompañar —prosiguió— nuestro espumoso favorito. —Enseñó dos botellas de vino—. Nada más, y nada menos, que... ¡Altair!

—¡Es enorme, Caye! —exclamé—. ¿En serio lo has pescado tú?

—¡Claro! ¡Lo mejor para mis chicas! —Me guiñó un ojo—. ¿Ya no te acuerdas de *Doce mares*? —Pirata se acercó a la mesa, y Caye la miró—. ¡Pirata, no! A ti también te he traído algo. —La cogió en brazos, la llevó hasta el otro lado de la sala y le lanzó un hueso más grande que ella—. Vale, ahora sí. —Volvió a la mesa divertido—. ¿Empezamos? Vamos, haz los honores —me dijo, señalando la bandeja.

—Me da hasta pena, ¡es casi igual de grande que un bebé! —bromeé.

El pescado, en Málaga, es cultura. Y, como podréis sospechar, siempre lo prefería ante cualquier plato. Sin embargo, el marisco no era mi fuerte.

He de reconocer que jamás había probado una *cigala* —no conocía su verdadero nombre— tan rica en mi vida... ¡Sabía a mar!

Pero a mar del bueno, del que me recordaba a cuando era pequeña. Días de playa eternos, cuando te ibas con tus padres, abuelos, tíos, primos... con tiendas de campaña. Cuando el tiempo lo permitía, íbamos con cañas de pescar, juegos, colchones inflables, castillos de arena y cubitos para buscar piedras preciosas. Sandías enterradas en la orilla —donde se conservaba fresca— para merendar, helados para los niños y cafés para los padres en los chiringuitos, chanquetes auténticos malagueños con ensaladilla de pimientos, todo mezcladito...

Esa cena me supo a todo aquello. Me sentí en familia, y aunque *mi mundo* no se me fue de la cabeza ni un solo segundo, sí que fue el mejor rato que pasé desde que llegué...

«Podría acostumbrarme a esto», pasó por mi cabeza durante unos instantes.

Volvimos al tema que nos preocupaba, pero esta vez pasamos revoloteando por el problema. Queríamos desconectar, y nos dimos cuenta enseguida que no era buena idea hablar de ello. Acabada la cena, hice café. Todo me recordaba a *mi mundo*, pero el café... Cada vez que lo bebía o lo preparaba, pensaba en Óscar. ¡Le encantaba! Y este, en concreto, estaba exquisito. Me reconfortaba beberlo.

Me daba la sensación de que, al mirar a un lado, lo vería ahí. En *su momento* después de comer, con su cafelito y su tableta o móvil, investigando cualquier cosa que se le ocurriera y compartiéndola conmigo. Y, si no, viendo un documental de esos en los que cualquiera se quedaría dormido. Menos él, claro, que le faltaban las palomitas de lo mucho que disfrutaba... «Bueno, en realidad, disfruta», me corregí mentalmente. En todo caso, si alguien *hubiera muerto*, sería yo...

Era mejor no pensarlo, tenía que pasar a la acción.

Caye me cambió el café por un zumo de frutas. Con la emoción del momento, no me acordé del bebé. Ellos no paraban de bromear y de reírse el uno del otro durante toda la noche. Me gustaba verlos, ya que se llevaban fenomenal, y se notaba que se querían mucho. «Me gustaría saber más de nuestra historia», pensé, «la de nosotros tres». No hubiera estado de más tener algún recuerdo de esta vida, de esta persona —de Celeste—, habría sido mucho más fácil.

Hablaban del equipo médico…

—El Dr. Scott, Caye… ¿qué me dices de él?

—Es uno de los cinco del I+D. Para mí, el mejor Virólogo. Inteligencia privilegiada, esfuerzo y pasión en todo lo que hace. Si hay algo, lo que sea, no parará hasta que lo encuentre. Su tenacidad es una de las virtudes por las que se le escogió en votaciones para esto. Además, su fama le precede. Era muy joven, cuando demostró hace quince años de lo que era capaz.

—Caye —interrumpí—, yo creo que a Abril le interesa más su trayectoria… Vamos a decir, personal. —Sonreí bromeando.

— Oye, oye, yo solo me preocupo porque tú estés en las mejores manos…

—¿En serio? —Caye se rio desternillado—. ¡No me había dado cuenta!

—Vamos a ver —se puso algo seria y me miró—, ¡claro que sabía quién era! De no ser por él, habrían muerto muchísimas más personas. —Se levantó, recogió su taza de café y la llevó hasta el fregadero para disimular—. Tiene bien merecidas las diez medallas. Aparte de que —se volvió a mirarnos— ¡está buenísimo!

Abril nos guiñó un ojo. Caye, en cambio, se partía de risa.

A mí no me sorprendía en absoluto, pero reí igualmente…

—Ten fe, Abril, las cosas pasan por algo —dije.

Ambos me miraron, algo desconcertados. Guardaron silencio ante mi última frase. No sabía qué había dicho, pero entendí por sus expresiones que no lo habían comprendido bien.

«Concepto de fe», anotado en mi cabeza.

Capítulo quinto
Un deseo: Kurhah

Sí, amigos. Ellos se encontraban en la misma situación que nosotros en la Tierra, pero por segunda vez en la misma década. Estaban más que asustados.

La mutación era infinitamente más letal que el anterior virus. Si una persona tenía la mala suerte de contagiarse, tenía el 78% de posibilidades de morir y casi un 89% de que le quedase unas secuelas insufribles en caso de sobrevivir.

El contagio entre pacientes era del 100%. Un apretón de manos, un estornudo, la tos… aunque eso se había quedado antiguo. Ahora era altamente voraz, tanto, que absolutamente todo el planeta se había infectado del segundo. No solo eso, sino que podía volver a infectarse, aunque esa vez contaban con una probabilidad muy baja de morir.   La propagación era casi inmediata.

Hace 15 años, en el 3220, tuvieron el primer brote del virus. Lo peor de todo era, que los que se infectaron de ese primer brote —la mayoría población de riesgo—, no lo superaron.

De ahí, los símbolos que observé el día que llegué.

R = Recuperado
A = Asintomático
X = Revisión
15 = Infectado en el pasado con el antiguo
C = Contagiado con el nuevo
S = Sano

Ahora entendía mejor lo que significaba 15+C: había muerto contagiado por el nuevo virus. No volví a ver ninguna inscripción de ese estilo en los días posteriores, ya que duraban poco tiempo en las puertas. En esa ocasión, no llegaban a las 36 horas. La psicosis era constante, decían que el confinamiento podría durar hasta un año.

Después de 1 mes y 14 días, seguía en este planeta. Lo aceptaba, pero no me había dado por vencida. ¡Eso jamás! De hecho, había estudiado mucho, muchísimo. Me había empapado de todo lo importante, y cada vez me fascinaba más formar parte de aquel universo. Nunca mejor dicho.

En alguna ocasión, he mencionado que sus avances tecnológicos nos adelantan —como mucho— en 20 años. Pero sí que, como sociedad, era práctica y casi impecable. Aquí, en Kurhah, era el año 3235. Era muy parecido a la Tierra, casi 20 veces más grande. Dotaba con una peculiaridad que descubrí días después, mientras navegaba por lo que ellos llamaban InfoFree —es decir, Internet— y, además por error, ya que buscaba nuestro sistema solar. Los días o *las horas de sol* —como ellos los llamaban— eran de 31 horas, y *las sombras* —es decir, la noche— eran de 13 horas. Un día aquí eran casi dos días de la Tierra. Calculé que serían finales de mayo o principios de junio, más o menos, en mi anhelado hogar.

Misma civilización, pero con diferentes errores. Sus ciudades eran sostenibles, y la energía era renovable. Contaban con energía solar, eólica y marina. Solo pagas por lo que consumes. Sin más, así que te preocupabas de que fuera para lo más necesario. El agua, sin embargo, era un bien muy —pero que muy— preciado, y se pagaba por tarifas; contratabas a demanda lo que te hacía falta. Las personas pagaban sin rechistar, ya que no existía rincón del mundo donde no hubiese agua potable.

No había fronteras. Todo el mundo tenía derecho a vivir dónde y cómo quisiera. Existía el norte, sur, este y oeste. Había una educación bilingüe, como mínimo obligada. No existían gobiernos, y había cientos de países.

Había lo que se llamaba «El Plan Común», quienes se escogen por sus titulaciones y aptitudes; cual entrevista de trabajo en la Tierra, fácil. Se presentaban y todo era un proceso minucioso. Eran, al menos, veinte entrevistas en veinte escenarios diferentes, con un mínimo de tres idiomas, y realizadas por distintas personas. Si supera todas las pruebas, se convierte en Consejero.

El proceso podría alargarse hasta cuatro meses, y todos esos encuentros eran en directo. Todos podían ver qué estaba pasando a través de un canal de televisión que se llama «Sin vergüenza» en el programa «Las 20». Cada vez que había un puesto vacante, se hacía y punto. Tan limpio y simple como eso.

El número de integrantes podría variar según la población y sus necesidades. Por ejemplo, cuando no existía Internet, no había Consejero de Redes. Conforme cambiaba el mundo y sus descubrimientos, votaban; incluso, por parte de todos y cada uno de los Consejeros integrantes, se obligaba a presentar un documento para argumentar dicho voto. Una vez pasado el filtro, los ciudadanos lo aprobaban o no; apoyando su voto a los que se añadían.

Un apunte muy curioso: Internet —InfoFree— es gratis. Para dispositivos móviles era un precio simbólico, ya que se consideraba un avance más social que tecnológico.

Los *Proyectos* —leyes en *mi mundo*— tenían un proceso parecido. Se presentaban argumentos, e influía la afinidad con uno u otro Consejero. Se escogen cinco personas por cada sector. De esa manera, todos estaban representados y podrían debatir para votar uno u otro antes de plantearlo a «El Plan Común»; de ahí que fueran impares.

A su vez, ellos podrían disponer de todos los medios, ciudadanos de a pie u organismos —si lo veían necesario— y estos podrían aceptar o no. Si te requerían, lo hacían con contrato, y tu puesto de trabajo se sustituye. También te garantiza tu vuelta cuando acabaras. Casi nadie se negaba, ya que era un orgullo que contaran contigo.

Con regularidad, además, era un símbolo de transparencia que nadie quería perder. Era el lema por el que el sistema se regía; les había costado siglos y tres guerras. Sin embargo, tuvo que llegar la primera pandemia —*CorrupVirus3220*— para que se dieran cuenta de la importancia de la transparencia. No solo les permitía actuar con justicia, sino que, además, podrían detectar dónde invertir, cómo y cuánto al saber las necesidades de cada sector de primera mano. Cada dos años, los ciudadanos podían formular mejoras, necesidades o deseos. La única condición era servir al bien común. Lo presentaban en su área, dependiendo del sector al que pertenecían. Las llamaban *Necesarias*.

Cada sector era guiado por cinco Superiores. Se filtraban las propuestas por necesidades y se realizaban unas u otras, pero cada dos años, siempre se hacían mejoras. De ahí que cada ciudadano participara en el proceso, ya que se aseguraban que se haría algo necesario.

Al ciudadano ganador, se le otorga una medalla. Todas eran iguales, pero si acumulabas más de diez, te podrías presentar a Superior de Sector, y de ahí, a Consejero de «El Plan Común». Y, a su vez, se aseguraban de que quienes llegaban al poder habían tenido las mismas oportunidades que el resto. Como todo era tan visible y fácil para todos, a nadie le gustaba la idea de hacerlo por codicia o ambición; todo lo contrario, les enorgullece haber conseguido todas esas medallas, una a una —hasta diez—, para crear un mundo mejor.

La idea de dedicar la vida para ayudar era jugosa y deseada, por lo que estaban felices de llegar hasta arriba para llevarnos a un camino de éxitos y prosperidad. Y eso se contagia por una razón muy sencilla: predicaban con el ejemplo.

Más que vocación, era su modo de vivir. Su sistema.

Algo que, irremediablemente, viniendo de donde yo venía… envidiaba y admiraba a partes iguales. Si tuviera que escoger una palabra para definir a esa sociedad, la tendría muy clara: cristalina.

Ni que decir, por supuesto, que hay lo que conocemos como ejército y policía en la Tierra; aunque eran *de adorno*, ya que se dedicaban a otras cosas. Ellos llevaban a cabo las *Necesarias* que se habían aprobado; eran un cuerpo más social que militar. Los llamaban «Los Mayores». Cada Superior de Sector tenía un compañero asignado por defecto; a esta pareja se la conocía como «binomios». Entre los dos, se encargaban de realizar la *Necesaria* dentro de los dos años siguientes a su aprobación hasta la próxima.

Sector se encargaba de proveer materiales que compraban,

obviamente, a los miembros o participantes del sector que encabezan. «Los Mayores» ponía el personal, disponían de profesionales de todo tipo; menos de medicina, ya que estos pertenecían a «El Doctorado» y necesitaban otro tipo de reglamento.

Para llegar a formar parte de «Los Mayores», el procedimiento era el mismo que para Superior de Sector. Lo conformaban grupos más específicos, los cuales se dividían en profesiones. Cada profesión era un «Grupo Vivo de...»: abogados, pintores, escritores, arquitectos, cocineros, artistas, etc. Todas ellas representadas por cinco profesionales. Y, de entre esos, se escogía al que se conocía como «Vigilante de Profesión».

Una sociedad tremendamente pragmática. Me dejaba perpleja cada vez que la estudiaba navegando con la ayuda de Alexa.

Al binomio —que nacía entre Mayores y Sectores— se le asignaba a un médico de «El Doctorado»; la única profesión que «Los Mayores» no representaba. Sin lugar a dudas, eran los más independientes de todos ellos, pero no intocables.

En conclusión, había tres pilares sociales: «El Plan Común», «Los Mayores» y «El Doctorado». Que venían a ser gobiernos, ejércitos y policías, y sanidad; respectivamente. No me malinterpretéis, también había delitos, pero eran de poca importancia y escasa frecuencia. De hecho, existían muy pocas cárceles, pues habían conseguido algo que nosotros solo conseguimos en una ciudad: Ámsterdam, donde se cerraron casi todas las cárceles.

Y, tal como allí, las ventanas eran amplias y sin cortinas. El cristal cambiaba de color según iba cayendo el día, y aunque era tentador curiosear, me había acostumbrado a estudiar lo que me importaba: la búsqueda de una vacuna.

Mi idea era simple: encontrarla y llevarla a *mi mundo*, a la Tierra. No sabía si funcionaría, pero al menos, tenía que intentarlo.

Mucha fe tenía si trataba siquiera de imaginarlo.

Y ahí viene el error diferente que ellos habían cometido. Al contrario que nosotros, no tenían fe. No había religión, no existía ningún Dios, ni había existido nunca. Eran puramente una forma de vida en un planeta como otros. Sin más.

Ese error garrafal: la falta de fe.

Era lo único con lo que no conectaba en ese planeta. No entendía esa mentalidad racional y frívola. No lo sé, quizá es mejor no creer en nada. Ellos son felices, habían llevado a su sociedad a un lugar donde otros jamás estarían. Y, sin embargo, la fe no les había hecho falta… hasta ahora.

Había discutido varias veces con Abril sobre esa cuestión. La noche de la cena, cuando Caye se fue, le pregunté:

—¿Tú tienes fe?

—Claro que sí —respondió—. Confío en mi familia, en mis amigos, en ti.

—No, no me refiero a eso —dije—. No del modo que tú lo haces, es decir…

—Yo cuento con mi familia —me interrumpió—. Cuento contigo.

—No, confiar en alguien es suponer que no te engañará. Yo me refiero a confiar en una fuerza misteriosa, en algo que no puedes ver ni tocar, pero que existe y te reconforta. De una forma u otra, sabes que siempre está ahí para ayudarte. ¿Comprendes? —Por su cara, estaba claro que no—. Es algo que sucede y que no tiene explicación científica, pero, sin embargo, ocurre. Sin más, como un milagro. ¿Entiendes?

—¿Un milagro? —preguntó sorprendida.

—Sí, algo que ocurre y que no tiene explicación alguna, que aparentemente no es posible y…

—No te entiendo —me interrumpió, así que yo me incorporé y le puse su mano en mi tripa.

—Estoy embarazada, ¿eso no te parece un milagro?

No sabía cómo explicarme. Abril no daba crédito, aunque estaba emocionada. Lloraba y reía al mismo tiempo. Me decanté por contarle lo que una vez leí en alguna parte, una descripción de la fe que me gustó tanto que quiero compartirla.

Frank Plumpton Ramsey (1903—1930) fue un matemático y filósofo inglés. Profesor en la Universidad de Cambridge. Decía que la fe es como un mapa grabado en el sistema (en el ADN o en determinados aprendizajes) que nos guía o nos orienta en el mundo para encontrar la satisfacción a nuestras necesidades.

Era un concepto difícil de entender, por supuesto, en caso de no tenerlo interiorizado. Y yo lo traía de casa. En mi interior, esa parcela estaba anulada. Mis intentos por expresarme no daban en el clavo y tenía tanto que contar sobre eso…

La esperanza, para mí, es lo mejor de *mi mundo*. Nos anima a hacer cosas sin saber qué va a pasar, a sabiendas de que —quizá— toque perder, pero da igual. No importa. Tienes esperanza y eso es lo único que cuenta, si no… ¿por qué compramos lotería? Es un tópico, lo sé, pero es un claro ejemplo de lo que trato de expresar.

Lo que quiero transmitir es otra cosa, la de encender la velita en la Iglesia de turno para pedirle —casi siempre— salud a Dios. Aquí no existe ninguno, ¿te lo puedes imaginar?

Voy a dejar aquí este capítulo para que busques Frank P. Ramsey en Internet. Sé que lo estás deseando, quieres comprobar si todo lo que he dicho es verdad.

Hombre de poca fe…

Capítulo sexto
Las diez medallas

Me desperté sobresaltada por el holograma, y caí en la cuenta de:

Uno: Caye y Abril se fueron bien entrada la madrugada.

Dos: se trataba de una llamada de la nueva enfermera con diez medallas.

Acepté la llamada y me aseé antes de salir hacia la sala principal. Cuando accedí, vi a una chica de pelo moreno rizado a lo afro, mulata —aunque de piel más bien clara—, alta, con curvas, preciosa y con unos rasgos exóticos muy conocidos para mí.

¡Era mi amiga Bea!

Tardé en reaccionar. De hecho, me quedé absorta mirándola con cara de asombro y de felicidad al mismo tiempo.

—¿Bea? —Me salió del alma.

—¿Disculpe? —Yo no reaccionaba—. Señorita… ¿usted está bien?

Tenía que decir algo, pero no sabía el qué.

—Sí, es que... no la esperaba...

—Ayer avisé a la central, no comprendo cómo se olvidaron de comunicárselo —me interrumpió—. Después hablaré con admisión.

—No... no hace falta. Es decir, sí que me avisaron, es solo que esperaba que fuera...

—¿Más mayor? —preguntó terminando mi frase—. Sí, es normal. —Sonrió divertida y prosiguió—: Hay muy pocos que conseguimos las diez tan jóvenes, de hecho. —Se irguió orgullosa.

—«Es usted la mujer más joven que las consigue» —dije, recordando las palabras exactas de la chica de recepción.

—Exacto. Es muy importante para mí, como podrá imaginar. Me ha costado enormes sacrificios y muchas decepciones. Pero, aquí estoy, dispuesta a atender su caso; es más, estoy impaciente por empezar. Así que, si no le importa, sentémonos. Me gustaría empezar por un cuestionario regular. —Calló un momento—. Por cierto, déjeme darle mi más sincera enhorabuena. Su embarazo puede cambiar la historia.

No sabía bien a qué se refería cuando dijo eso. Aunque había contestado mil veces a la mayoría de preguntas, era obligatorio y necesario que fuera sincera con cada una de ellas. Así que, de nuevo, contesté a casi todas. Y en otras, cuando preguntaban respecto a familiares y amigos, me limité a contar lo que había averiguado hasta el momento.

Amigos, sí, tenía muchos. Familiares, por lo visto, solo

unos pocos. Investigué mi vida en este mundo y había dado —entre primos lejanos y tíos— con once familiares en total. No tenía hermanos y mis padres fallecieron hacía años. Los que quedaban, vivían bastante lejos y, además —cosa que me llamó bastante la atención—, ninguno de mis primos había tenido hijos. No sabía por qué. De hecho, ahora que lo pensaba, no había oído hablar sobre niños o bebés desde mi llegada.

Anotado en mi cabeza.

La sensación de soledad se ahondó aún más mientras contestaba a todas las preguntas de Bea. Bueno, en realidad, se llamaba Dea Dama.

«Le habría gustado su nombre de aquí», pensé.

Cuando acabé el cuestionario, empezó lo que yo denominé como «turno de pruebas prémium». Eran iguales a las que habíamos hecho hasta ahora, pero con algún que algún aparato extra. Me llamó la atención que llevara su propia *Antonia*, incorporada a lo que parecía ser como mi pulsera-móvil. Era un anillo en el dedo corazón, donde registraba toda la información que resultaba de las pruebas.

Hablaba en voz alta con el anillo, al que llamó *Elvis* en más de una ocasión. No pude aguantar la risa, ya que mi amiga era la fan número uno de Elvis Presley. Era curioso ver cómo, por muy lejos que estemos o muy diferentes que seamos, siempre había más de un punto en común entre nosotros. Daba que pensar, como poco, ¿no?

Por cierto, ¿aquí Elvis está vivo? ¿Será la misma persona?

A estas alturas, era consciente de que no me encontraba en un sueño. Pero ¿y si estaba muerta? O, peor aún, ¿y si me había vuelto loca?

Lo único que tenía claro era que parecía muy real.

El resto de médicos fueron apareciendo hasta llenar la *superhabita*. Todos observaban boquiabiertos a Dea, incluso asentían atentos con la cabeza, casi sin respirar. Se notaba que disfrutaban, como cuando vas a una *master class* de algo que te encanta y pones toda tu atención en memorizar cada palabra del profesor.

Todos querían aprender, eso era algo que se notaba. Yo los observaba a todos, incluida a mi nueva mejor amiga. Hasta yo, sin casi entender lo que decía, me daba cuenta de que era excepcionalmente eficaz.

Parecía que estaba sola en la estancia. Andaba de un lado para otro, dibujaba y resolvía fórmulas matemáticas en una pizarra que se desplegaba de su anillo. Se quedaba quieta, pensativa. Me formulaba una pregunta, hacíamos otra prueba, y volvía a empezar. Así estuvo horas, y de repente, dijo:

—Srta. Celeste, colegas de «El Doctorado» —prosiguió—, inequívocamente sabemos dos cosas. La primera, que usted —dijo volviéndose a mirarme— no supone peligro alguno para nosotros. —Volvió a girarse y miró al resto—. Ustedes pueden desarmarse con total seguridad.

—¿Y la segunda? —pregunté sin querer.

—La segunda, Srta. Celeste, que usted es todo un enigma

para mí. No me malinterprete, no soy ninguna ignorante, científicamente hablando, claro está. —Sonrió avergonzada—. Todos los datos me llevan a afirmar, aunque no descarto alguna prueba más, que usted tiene un gen que hasta ahora no se había descubierto. Este gen provoca que usted, señorita, sea… ¡inmune! ¿Se lo pueden creer? —preguntó a los presentes en voz alta—. ¡Es inmune! Es el mejor descubrimiento que se ha hecho en los últimos cincuenta años —sentenció.

Sonaba pedante y estirada. Sin embargo, cuando se sonrojó, noté que lo había perfeccionado con el tiempo, y en vez de eso, se notaba la inseguridad en sí misma. La combinación resultaba extraña y tierna.

Tuve la sensación de que, en ese mundo, también nos haríamos amigas; igual que pasó con Abril. Me quedé absorta en mis pensamientos durante unos minutos. Añorando. En blanco. Y me empecé a encontrar mal, como mareada. Tenía ganas de que me diera el aire, me sentía fatal, como ahogada, incluso se me nubló la vista y…

Abril me contó que Caye le había dicho que me desmayé apenas unos pocos minutos, aunque a mí me parecieron bastantes más.

En ese lapsus, vi a mi madre a través de un cristal. Yo estaba bocabajo, y me dolía absolutamente todo. Ella tenía la mascarilla puesta, y escuchaba voces de lejos. También vi a Caye, pero vestía diferente, aunque reconocería esos brillantes y grandes ojos marrones en cualquier parte.

Escuché que alguien me llamaba a lo lejos…

«Carla, estoy aquí, todo va a salir bien».

Era la voz de mi madre, no lo podía creer…

«¿Me oyes?».

Se escuchaba una voz masculina que me costaba entender…

«Hola, ¿me oyes?».

Ahora sí que reconocí esa voz…

Era la de Caye.

—Celeste, ¿me oyes? Vamos, abre los ojos.

Caye sostenía mi cabeza entre sus manos.

Cuando abrí los ojos, me alegré tanto de verlo que sonreí de oreja a oreja.

—¿Querías darme un susto, ¿eh? —dijo para animarme y escuché las risas de alivio del resto del equipo—. Venga, ¡arriba! —Me ayudó a incorporarme—. Siéntate en el sofá.

Dea Dama y él me ayudaron a recostarme. No sabía cuántas horas pasaron, pero cuando volví a abrir los ojos, era de día. Estaba superconfusa, pero me incorporé y conseguí sentarme en el sofá. Me dolía tanto la cabeza que sentía un ansia tremenda. Cuando miré a mi alrededor, estaba en la *superhabita*, aunque, durante unos instantes, no la reconocí...

Pirata, que estaba contenta de que me hubiese despertado, me trajo una pelota para que se la lanzara. Tenía ganas de jugar. «Qué graciosa es», pensé. Se la lancé y me incorporé con la intención de beber un vaso con el *agua bendita* que tenían en ese mundo. Sin embargo, Dea Dama todavía trabajaba en una de las mesas y yo no me di cuenta.

—¡Srta. Celeste! ¿Se encuentra usted bien? —preguntó sorprendida—. Me debería haber llamado...

—Estoy bien, solo tenía sed. —Recordé que había perdido la consciencia—. ¿Qué me ha pasado?

—Ha perdido la percepción sobre sí misma y lo que le rodea. Afortunadamente, y como es de esperar en estos casos, ha sido temporal y ha tenido una recuperación espontánea.

—Vamos, que *medesmayao* —dije con mi acento malagueño.

Dea Dama me llenó el vaso de agua.

—Lo que yo le diga, señorita... ¡Es usted todo un enigma! —Rio sola, ofreciéndome el vaso, aunque me miraba algo desconcertada—. Tiene usted una forma de hablar muy distinta, está embarazada y es inmune... ¿No será usted de otro planeta?

Se echó a reír por la ocurrencia, y yo intenté disimular riendo con ella. Aunque no dijo nada, sabía que algo no le cuadraba. Por una parte, tenía miedo de que descubriera la verdad, pero por otra, quería contárselo a todos. Quizá me ayudarían a descubrir cómo volver.

Les quería contar quién era, qué estaba pasando, cómo era

mi Tierra… ¡todo! Pero, el miedo de que me trataran como a una verdadera tarada mental, me aterraba. ¿Y si me encerraban en…?

De repente, caí en la cuenta. «¿Encerrarme? ¡Ya lo estoy!». Dea Dama había dicho que yo no suponía peligro alguno, así que intentaría irme a casa para investigar cómo volver con los míos.

Ahí, definitivamente, no podía hacerlo. Me sentía vigilada a todas horas. Bueno, en realidad, lo estaba. Hacían todo lo posible por mantenerme a salvo, tranquila y con todas mis necesidades más que cubiertas, pero necesitaba poner en orden el caos en el que mi vida se había convertido. Quería trazar un plan efectivo, o al menos, con alguna posibilidad de éxito. Con una sola probabilidad, me bastaba.

Decidida a poner mi plan en marcha, me di cuenta de que Dea Dama me había observado mientras estaba ensimismada en mi cabeza.

—¿Se encuentra mejor, Srta. Celeste? —preguntó con una sonrisa.

—Sí, gracias —dije pensativa—. Puedes llamarme solo Celeste, por favor.

—Bueno, si tenemos en cuenta que estaremos mucho tiempo juntas, es lo más acertado —dijo convencida—. Si usted me lo pide, así lo haré.

—Con respecto a eso, había pensado que, como ya no resulto nociva para nadie, se me ha ocurrido la posibilidad de volver a casa —zanjé—. Además, estoy haciendo uso de unas instalaciones que podrían hacerle falta a otras personas que están más graves que yo.

—Espero, señorita —rectificó—, perdón, Celeste… Espero que su decisión no tenga nada que ver con la forma de tratarla.

—¡En absoluto! Todo lo contrario, Dea Dama —interrumpí—. He tenido muchísima suerte de contar con el mejor equipo del planeta, y ¿qué decir sobre ti? De hecho, es por lo que podría irme a casa… No puedo estar más que agradecida, de verdad. Quisiera que, con su consentimiento, pudiera ser. Claro está, no pienso viajar a ninguna parte, así que siempre estaré disponible las veinticuatro horas del día…

—Querrá decir, *las treintas* horas del día —me interrumpió mientras reía a carcajadas.

—Claro, claro —dije disimulando mi desconcierto.

—Deberíamos cenar juntas para conocernos mejor, ¿no le parece? Además, ¡podemos pedir lo que queramos! —exclamó entusiasmada—. ¿Qué te apetece?

—Lo mismo que tú. Voy al baño, mientras —dije alejándome…

—Perfecto, prepararé la sala.

Cuando me miré en el espejo del baño, me di cuenta de algo. Mientras que ellos habían escudriñado hasta el último de mis genes, yo no había tenido tiempo de descubrir mi nuevo —o antiguo— cuerpo, así que me entretuve en todos los detalles. Empecé por la cara, el pelo y las orejas; me di cuenta de que tenía las mismas perforaciones. Cuatro, para ser más exacta, pero no llevaba pendientes. Desde que pusieron las mascarillas obligatorias en *mi mundo*, perdí unos cuántos, así que dejé de usarlos. Lo echaba de menos, aunque lo que más echaba de menos era pintarme los labios. Eso sí que me encantaba. En rojo, como casi todas.

Me disponía a desnudarme para ducharme y cambiarme de ropa, cuando apareció un mensaje en mi pulsera-móvil. Era un *e-mail*, y en el asunto se veía escrito: «Ventas del lunes, 21 de mayo de 2335». Se me ocurrió mirar la hora —27:04h— y tuve la necesidad de asomarme a la terraza para ver si estaría anocheciendo o si aún quedaba sol. El frío ya se me iba pasando, pero, aun así, me dispuse a coger el abrigo rojo.

Dea Dama me llamó, ya habían traído la comida.

—¿Vamos a la terraza? —pregunté entrando en la sala.

—Claro, el aire fresco me vendrá bien —confirmó Dea.

Salimos. Nos acoplamos, después de poner agua y comida a mi Pirata. Cuando me senté, y por primera vez desde que estaba allí, tuve la misma sensación que cuando llegaba a casa después de un largo e intenso día de trabajo. Me noté cansada, y Dea Dama también se dio cuenta.

—Sé que es duro —dijo sin más— lo que estás pasando. Cuando me comunicaron que me asignaban tu expediente, me entusiasmé tanto… aunque, bueno, se me ha hecho muy corto. Hemos hecho un descubrimiento vital en el primer día de sesiones, y aun así, no paro de pensar que tu caso tiene algo que se me escapa. Algo no encaja desde el primer momento, pero estoy segura de que lo descubriré —dijo pausada y mirándome segura.

—Yo también —dije sincera y devolviendo la mirada.

Efectivamente, anochecía. El sol se despedía de, lo que había sido para mí, uno de los peores días de mi vida.

«Uno menos aquí», pensé en voz alta.

—¿Qué? —preguntó Dea.

—Nada, se me ha escapado un pensamiento —dije disculpándome.

—Tranquila, es normal. Hemos tenido un día muy intenso y…

—Y laaaaaaargo —la interrumpí sin pensar.

—También. —Reímos las dos.

—Deja que mañana lo consulte con mis colegas, y te daré una respuesta. Te confirmaré si puede ser *tu último día* aquí —dijo haciendo referencia a mi comentario con una sonrisa.

—¡Dios te oiga! —Se me volvió a escapar.

—¿Dios? ¿Quién es Dios? —preguntó curiosa—. No lo conozco.

—¡Ni yo tampoco! —disimulé y me reí sola por el golpe.

—Celeste —dijo—, eres una persona, cuanto menos, diferente…

—No lo sabes tú bien. —Sonreí—. ¿Y qué vamos a comer? —pregunté en referencia a la comida que había sobre la mesa.

—¡Masa, por supuesto! —dijo entusiasmada destapando

un plato grande.

Resultó que «masa» era la *pizza* de toda la vida. Me puse supercontenta, y me di cuenta de que me apetecía más que nunca. Solo con el olor que desprendía me alimentaba. Y sabía aún mejor. «Qué bueno está todo aquí», pensé.

Comimos con ganas y charlamos de todo un poco. Conectamos muy deprisa, como si nos conociéramos de toda la vida. No me equivoqué cuando pensé que aquí también seríamos buenas amigas. Le hice todas las preguntas que pude, aunque cuidé de que pareciera más despiste que ignorancia. De esa forma, me enteré de que las semanas tenían un día más. Y lo normal era trabajar cuatro y descansar los cuatro restantes, la mayoría de ellos eran en modalidad teletrabajo. El año tenía catorce meses. Desde hacía veinte años, nacía un niño por cada 100.000 habitantes. Con lo que, prepararse muy bien y ser la mejor en el sector elegido, era aún más importante para asegurarte un futuro/jubilación decente.

La natalidad había descendido alarmantemente desde la primera pandemia, por lo que actuaban en consecuencia. Pero, a pesar de las ayudas, la población fértil era cada vez más reducida.

Capítulo séptimo
El tiempo es relativo

¿Cuánto tiempo necesitamos para acostumbrarnos a una nueva vida? ¿Os lo habéis preguntado alguna vez? ¿Cuánto tiempo necesitamos para olvidarnos de quienes éramos?

Yo me hacía esa pregunta y llegaba a la misma conclusión: no me encontraba, a pesar de que llevaba en Kurhah más de un mes. No podía medir el tiempo del todo bien. Sin embargo, todos los días esperaba que pasara algo: un descubrimiento, una pista… lo que fuera para volver a casa. A mi hogar.

No quería encariñarme demasiado con la gente, ya que cuando volviera a mi hogar, no los volvería a ver jamás. Era una ardua batalla conmigo misma.

Casi todos los días, nos organizábamos para vernos; nos veíamos un par de veces al mes. Casi siempre era en mi casa o en casa de cualquier otro que se quisiera unir a nuestro encuentro. Juegos de mesa, películas, debates de cualquier cosa, incluso compartimos inquietudes. Alguna vez me había sorprendido conmigo misma, ya que los echaba de menos cuando no nos reuníamos al completo o no habíamos quedar finalmente. Éramos amigos. Todos de todos.

Mi amiga Abril empezaba a hacer un buen tándem con Allan, y yo me solía burlar de ella en privado. Era evidente que acabarían juntos, lo sabíamos todos. Me alegré por ella, ya que hacían una pareja muy particular. Allan era bastante más racional, y ella no podía ser más impulsiva… Así que, los números que a veces montaban, eran peculiares y muy divertidos.

Estábamos jugando al juego de la carta en la frente… ¡y con un personaje famoso! Esa vez, quedamos en casa de Allan, quien compartía piso con un chico irawino. Se llamaba Doumar. Era mulato, de complexión fuerte, alto, rapado a muy pocos centímetros, y con una sonrisa que llenaba la habitación; digna de un anuncio de pasta dental. Era absolutamente perfecto, igual que tu actor favorito de cine. Si tuviera que escoger uno, sin duda alguna, habría sido él. Había venido a estudiar Medicina a Faruxa, y formaba parte del equipo personal de Allan. Aunque no era tan brillante como él, había conseguido cuatro medallas. Se conocieron en la facultad y se convirtieron en amigos casi al instante, entre otras cosas, porque se admiraban mutuamente. La profesión los unió, desde aquel día hasta hoy.

Yo estaba bebiendo un *cocktail* que Doumar preparaba cada vez que íbamos a su casa. Nos encantaba a todos. En ese momento, me había tocado Michael Jackson. El mejor artista de todos los tiempos, para mí. Ya ni me acordaba de las entradas, la verdad, hasta que Allan me dio la pista definitiva.

«¿A quién vamos a ver el 7 de julio?».

A la mañana siguiente, decidí quedarme en casa para investigar. Después del paseo matutino con Pira, desayunamos y, tras la ducha, rescaté algunos de los pasajes que había guardado en los registros.

Accedí a toda la información que me pareció relevante. Revisé las entradas del concierto minuciosamente, donde ponía la dirección. El lugar era el edificio del este, aquel que yo vi desde la terraza de la *superhabita*, y ahora entendía por qué estaba separado del resto. Por el ruido, claro. Pero había algo más que me llamaba la atención de aquella construcción, aunque no sabía qué.

La pulsera-móvil sonó en ese momento. «Rechazar», dije en voz alta sin pensar. Seguía ensimismada en mis pensamientos, tenía como un extraño presentimiento. Malo, bueno… ya no lo distinguía. Volvió a sonar la pulsera y acepté.

—Celeste, ¿qué tal? Estoy en la farmacia. Me han dicho que hoy no has venido a trabajar, ¿estás bien?

Era Dea Dama, acababa de recordar que habíamos quedado para comer juntas. Justo al lado de la farmacia, había un local que nos gustaba mucho. Además, era de los pocos que estaban abiertos. Se había retirado el confinamiento, pero había restricciones como toque de queda o cierre de actividad no esencial a las 16h.

Qué mala amiga era, ¡me había olvidado por completo de Dea! Menos mal que vivía a cinco minutos de la farmacia.

—Hola, Dea. Bien, sí, tranquila. Disculpa, tenía trabajo administrativo pendiente y quería quitármelo de encima. Al final, allí me entretengo más y no lo acabo, así que me he quedado en casa. Vente y preparo la comida mientras tanto.

—Venga, vale, ¡voy para allá!

Recogí todo lo que pude. No quería que Dea sospechara nada, y aunque siempre me cuestionaba, había conseguido escapar de todas sus preguntas hasta el momento. Ella era muy perspicaz y debía tener mucho cuidado.

Supe que estaba en la puerta de casa, cuando Pirata se fue corriendo hacia ella llorando como una loca. Al parecer, las dos se gustaban mucho. No le di tiempo a que tocara el timbre y abrí la puerta directamente.

—Otra vez me has oído llegar, ¿eh, *ratilla*? —dijo Dea divertida, quitándose a Pirata de encima—. Por eso me gustas. No se te escapa una, igual que a mí. —Rio a carcajadas—. Ya empieza a cambiar el tiempo —dijo mirándome a mí—, hoy tengo calor. —Se quitó la chaqueta mientras entraba en el salón—. ¿Has visto las noticias? No, estoy segura de que no. —Se contestó ella misma—. De lo contrario, me habrías llamado…

—No, ¿qué ha pasado?

—¿No lo has visto? ¡No hablan de otra cosa! Tu Michael se ha quemado el pelo, grabando un espacio comercial.

¡¡No!! ¡El concierto será dentro de dos semanas!

—¡¿Qué?! —grité—. *Toñita*, última hora de Michael Jackson —dije en voz alta.

—Menudo nombre le has puesto al instructivo.

«El cantante Michael Jackson sigue ingresado en el hospital, a causa de las quemaduras de segundo y tercer grado en el cuero cabelludo y la cara».

—Ver en rincón favorito —dije en alto.

Me quedé perpleja cuando vi que le había ocurrido exactamente lo mismo que en la Tierra, aunque allí lo vimos —fue censurado— décadas después. Aquí lo emitían, una y otra vez, en todas las plataformas. Estaba siendo la noticia del momento, igual que en su día lo fue en nuestro planeta. Aquello pasó en el año 1982, si no recordaba mal. Estaba en la plenitud de su carrera, gracias a su disco *Thriller*, que estaba siendo —y sería— el álbum más vendido de todos los tiempos. Mi hermana mayor guardaba aquel vinilo como oro en paño.

Me alegré tanto de revivir aquello. Yo, por aquel entonces, era muy pequeña y mis hermanas bailaban la coreografía de *Thriller* como locas. Recuerdo que, la primera vez que vi el videoclip, me asustó muchísimo; pero ahora, cada vez que lo ponía, lo disfrutaba como una enana. Esos recuerdos hicieron que no pudiera evitar llorar de nostalgia.

—Vamos, Celeste, no te preocupes. Seguro que se recupera, ¡es el Rey! —exclamó Dea, confundiendo mis lágrimas.

—Sí, claro, es que… me ha impresionado. —Me sequé las lágrimas—. ¡Venga! Vamos a la cocina, prepararé la comida en un momento.

Capítulo octavo
El concierto

Todo había vuelto a la normalidad. La vacuna había tenido una efectividad del 100%, y el *Sars34* —y todas sus mutaciones— fueron erradicadas, como pasó con la viruela en *mi mundo*. Aniquilada.

La mañana del ansiado concierto, descubrí el día más luminoso que recordaba desde que *aterricé* en Khurah. Habíamos quedado cerca del pabellón para comer, para empezar a saborear lo que nos esperaba a las 20h.

Decidimos comer en uno de los restaurantes más lujosos del país. Tenían un plato estrella que a Doumar le enloquecía. Según él, era como el que su madre cocinaba cuando era pequeño. Era aficionado a la alta cocina, y rara vez era la ocasión que no traía algunas de sus deliciosas creaciones en nuestras quedadas. Nosotros, por supuesto, estábamos encantados con sus platos.

—Pero ¡qué bueno está esto, por favor! —exclamaba maravillado con cada bocado.

Era un tipo muy divertido. Siempre llevaba una sonrisa en el rostro y estaba dispuesto a hacerte reír a carcajadas con su humor tan inteligente y fresco.

Según mis cuentas, habían pasado unos meses en la Tierra —aquí cuatro y medio— en los que había descubierto prácticamente todo lo que debía saber para sobrevivir entre ellos. Incluso descubrí, a través de una conversación con Caye, que tuvimos una pequeña aventura. Él aprovechó el tiempo que estuve en el hospital para hacerse las pruebas de paternidad y, efectivamente, el bebé era suyo.

No quise hacer nada al respecto. Le dije que necesitaba tiempo, ya que no quería intervenir en los sentimientos de la verdadera Celeste y él lo aceptó, pero yo notaba que se impacientaba conforme crecía mi tripa, que ya se notaba bastante. Y, aunque el tiempo había volado, seguía llorando prácticamente a diario. Se me empezaba a agotar la paciencia. Llevaba unos meses deprimida y él lo había notado, ya que nos habíamos hecho muy buenos amigos. Nunca tuvimos nada, yo estaba enamorada de Óscar. Él lo estaba de Celeste y por eso me respetaba, siempre atento y dispuesto a lo que fuera. Pero nuestras últimas conversaciones se habían vuelto menos profundas, más monótonas y con menos frecuencia. Y, a pesar de los intentos camuflados con cualquier excusa —en los que aparecía por casa de repente— para sacarme la verdad sobre qué me pasaba, yo jamás conté nada. Ni a él ni a nadie.

Había decidido, que hoy —antes, durante o después del

concierto—, se lo contaría a todos. Cuando llegase el momento, lo haría. Se lo merecían, y que pasara lo que tuviera que pasar.

La esperanza ya no latía en mi corazón como antes. La sentía de vez en cuando, pero duraba poco. No quería ni pensarlo, ya que no volvería a ver a mi familia nunca más y viviría una vida de mentira en este planeta. Sería absolutamente insoportable para cualquiera. Con todo lo que me había pasado… no podría. Así que había tomado una decisión: si me tenía que quedar, sería como Carla y no como Celeste.

—¡Qué bien te sienta ese abrigo rojo, Celeste! ¡Estás estupenda! —exclamó Abril.

—Cuando quieras, te lo presto. De hecho, cuando acabe el concierto, es tuyo —anuncié entusiasmada—. ¿Qué te parece? —Guiñé cariñosamente—. Siempre que me lo pongo, me lo dices. ¡Te encanta!

—No hace falta —me apretó el brazo—, pero deberías ponértelo más. Te queda genial y, ahora, con esa barriga… ¡más!

La verdad era, ahora que lo pensaba, que no me lo había puesto desde que fui a la *superhabita*. Se lo regalaría, igualmente. Si algo iba a echar de menos de aquí era, sin duda, a Abril; aunque si eso suponía volver a casa…

Teníamos el mejor sitio. Y, sinceramente, cuando lo vimos, nos pareció que valía cada crédito invertido. Incluso eran nominativas, con lo que debíamos llevar identificación. Eran dos palcos seguidos, con capacidad para seis personas cada uno. Estábamos a la derecha de Michael —por decirlo de alguna forma—, y de cerca como a unos diez metros.

El patrocinador, al darse cuenta de que estaba delante de la mismísima Celeste Abaira, se mostró muy entusiasmado y, con gentileza, nos dijo que podíamos tomar lo que quisiéramos. Cosa que, a mis acompañantes, les pareció divino.

Teníamos un baño para nosotros y un robot que trabajaba de camarero. Además, también teníamos quiosco digital integrado, donde tú mismo escoges lo que quieres tomar.

Faltaba menos de una hora para que el concierto empezase. ¡Estaba que me moría de ganas!, más que impaciente. Por una parte, estaba frenética, y por otra, triste de que solo yo pudiera disfrutarlo. Me acordé de mi hermana mayor, quien es aún más fan que yo. Madre mía, ¡si se lo pudiera contar! Y, hablando de contar… era *el momento*. No esperaría ni un minuto más.

—Abril, tengo que contarte algo. En realidad, os lo tengo que contar a todos —dije pensativa—, pero empezaré por ti.

—Pues, ¡date prisa!, que ya mismo empieza y no quiero perderme ni un segundo. Dime, ¿qué pasa?

—He ensayado este discurso muchas veces, ¿sabes? Pero, ahora, fíjate que no sé por dónde empezar —me sinceré poniéndome seria, ella entendió que se trataba de algo importante y me acompañó a un lugar más apartado—. Te lo quise contar desde el primer día que te vi, pero no he podido, o mejor dicho, no me he atrevido porque no sé qué pensarías.

—¿No me irás a decir que te gustan las mujeres a estas alturas? —interrumpió con una broma—. Sea lo que sea, no va a cambiar mi opinión sobre ti. Lo sabes, ¿no? —preguntó cogiéndome de la mano.

—Vale, ahí va…

—Su pedido está listo —interrumpió el robot camarero, quien traía una mesa donde dejó las copas y los aperitivos que habíamos pedido—. Gracias —dijo alejándose.

—¡Vaya susto! —exclamó Abril—. No me lo esperaba. ¿Qué habías pedido tú, Celeste?

—El agitado rosa —respondí. Era muy parecido al San Francisco, aunque a mí me encanta el Martini blanco de toda la vida, pero en mi estado, debía cuidarme más que nunca.

Abril me ofreció la copa.

Maldito robot, me había fastidiado la inspiración.

—Venga, sigue. Esta vez no habrá interrupciones —me convenció.

Empecé por el principio. Le dije quién era, de dónde venía y qué me había pasado. No quise entrar en detalles, pero sin ocultar nada. Fui lo más sincera que pude sobre mi verdadera familia y sobre mis intenciones de volver lo antes posible, aunque ya estaba perdiendo la ilusión. Le conté desde cuándo era yo, y que siempre intenté contárselo en varias ocasiones, pero nunca encontré el momento.

Ella me miraba divertida, al principio. Creía que bromeaba, pero al poco, me di cuenta que dejé salir mi acento andaluz y que a ella le había cambiado la cara conforme avanzaba en mi historia. Abril, absolutamente absorta en mi relato, me escuchaba con curiosidad. Atenta a cada palabra. Le di fechas, le recordé cosas que debía saber si de verdad fuera Celeste. Tantos y tantos detalles que en su día le chocaron y olvidó, pero yo se los recordé uno por uno.

Rememoré nuestra conversación sobre la fe. Le conté de mi Dios. Más o menos, lo que pude expresar sobre ese tema tan personal y difícil de explicar, incluso para mí misma. Yo hablaba, contaba, relataba, le recordaba. Empezó a participar y me preguntaba cosas. Yo le contestaba a todo, sin reservas. Necesitaba que creyera mi historia.

Estábamos tan entretenidas cuchicheando entre nosotras, que no nos dimos cuenta de que el concierto estaba a punto de empezar, hasta que el clamor del gentío descontrolado nos ensordeció a las dos. Miramos al escenario, perplejas. Ella por todo lo que acababa de descubrir de su mejor amiga, y yo porque iba a ver a mi Michael en vivo y en directo. Ese momento no me lo estropearía nadie.

Y salió.

El más pequeño de los Jackson, apareció sobrevolando las cabezas de los más atrevidos que compraron entradas en la pista. La gente gritaba de emoción e intentaban —sin éxito— rozar al famoso artista.

Casi llegando al centro del escenario —en los laterales—, sonaron unos estruendos al compás. Salieron chispas de unos cuatro metros de altura y un montón de humo. De repente, no se veía nada. El escenario estaba cubierto de una neblina blanca, que poco a poco iba desapareciendo.

Ya no se oía nada, al contrario. El pabellón al completo estaba en silencio. ¿Dónde estaba? ¿Alguien podía ver a Michael? La expectación era máxima.

Y, entonces, otra explosión y...

¡PUM!

Apareció justo en el centro de escena.

¡Qué momento! ¡Ahí estaba! ¡Lo estaba viendo con mis propios ojos!

Abril y yo nos abrazamos flipando, deseábamos que empezara a cantar. Él siguió inmóvil durante unos cuántos minutos para crear esa atmósfera tan característica de una superestrella. Dejándose admirar.

En un segundo, cambió la postura y se giró hacia nosotros de un movimiento brusco. Y, otra vez, quieto.

Cuando se quitó con lentitud las gafas de aviador, el estadio enloqueció.

Exaltados fanáticos apasionados, gritaban su nombre al unísono.

«¡MICHAEL!».

«¡MICHAEL!».

Empezaron a aplaudir tan fuerte que no se oía otra cosa más que el fervor de sus maravillados fans.

Eché un ojo a los demás, quienes disfrutaban. Estaban alucinados, atentos a cualquier movimiento que hiciera el cantante, dispuestos a seguirle el ritmo durante un par de horas.

Y sonaron las primeras notas de *Billie Jean*.

Me enloquecí sintiendo las notas de ese bajo que atravesó todo mi cuerpo. Las ovaciones fueron aún más clamorosas. El escándalo se intensificó, incluso a tal punto que hasta molestaba. La gente aplaudía entusiasmada.

La voz de Caye me llamaba, pero no se dirigía a mí por el nombre de Celeste.

—¡Carla, esto es para ti! —gritó a lo lejos, animándome con sonoras palmadas.

De repente, la imagen del concierto se desvaneció. Por unos instantes, perdí de vista el concierto y a mis amigos.

Cerré los ojos con fuerza. Algo me estaba pasando, y no sabía el qué. Los intenté abrir cuando reconocí la voz que me llamaba repetidas veces de forma cariñosa.

¡Era Óscar! ¡Me estaba llamando!

Con todas mis fuerzas, y aferrándome a su voz, conseguí abrir los ojos de nuevo.

¡No lo podía creer! ¡Era él! ¿Había vuelto? Pero ¿cómo era posible? Quizá estaba muerta…

Me encontraba sentada en una silla de ruedas. Reconocí mi cuerpo al instante. Estaba dolorida y cansada, pero la emoción mezclada con la confusión hizo que me levantase para cerciorarme. Me acerqué despacio y puse mi mano en su cara para acariciarlo. Cuando noté su calor, no pude evitar echarme a llorar.

—No, no, no. Ya no hay motivos para llorar. Estás bien,

nos vamos a casa… Se acabó la pesadilla, ¿me oyes? ¡Ya verás cuando te vean los perros!

—¿Y Pirata? —De repente, me acordé de ella—. ¿Y Bandio? ¿Y todos? —pregunté angustiada.

—Todos están deseando verte, Carla —dijo llorando muy emocionado—. No me puedo creer que estés aquí.

—Pero ¿qué ha pasado? ¿Qué hago yo aquí? ¿Esto es un hospital? ¿He estado aquí sola, todo este tiempo? ¿Estoy… muerta?

—¡Más viva que nunca! —exclamó un enfermero entrando a la habitación—. ¿Sola? ¿Ya me has olvidado, Carla? —preguntó mientras se acercaba a mí.

Y, entonces, reconocí ese brillo tan vivo de los grandes ojos marrones de…

—¿Caye? —pregunté tímida.

—¡Claro! Ven aquí —dijo abrazándome con cuidado—. Ya te dije que no me rendiría —se emocionó. Y yo, al verlo, me eché a llorar—. ¡Ah, no! ¡Eso sí que no! Que me vas a hacer llorar y tengo que mantener las apariencias. —Me guiñó con cariño haciendo que una lágrima se le resbalara—. No te imaginas lo feliz que estoy de verte así. Aprovecha tu nueva vida, Carla. ¡A tope!, ¿me oyes? He estado cuidándote todo este tiempo, así que haz que valga la pena.

Asentí y nos dimos otro abrazo largo y reconfortante para los dos.

—No sé cómo agradecerte… Estoy muy confusa, discúlpame, es que no sé ni qué decir... ¿Podríamos tomar un café algún día? Hay cosas que...

—No espero menos, pero tarda, ¿eh? —interrumpió—. Que te tengo muy vista ya —bromeó pellizcándome la cara.

Se despidió de todos y se fue de la habitación.

Más tarde, me enteré que el virus se había cebado conmigo. Había estado hospitalizada casi ocho meses, y cinco meses en coma. Había sido durísimo y aún tenían el susto en el cuerpo del último diagnóstico. Pero, contra todo pronóstico, salí adelante. Y sí, estaba embarazada de seis semanas cuando ingresé. Algo de lo que yo no tenía ni idea. Lucharon, tanto por su vida, como por la mía.

Dicen que el bebé nació sano, ya que no se contagió gracias a que tenía un genoma —hasta ahora desconocido— que impedía que el virus entrara en el cuerpo o se multiplicara dentro de él.

Aseguraban que, gracias a mi bebé, sacarían tratamientos efectivos contra el maldito virus. ¡Por fin! Era algo tan inexplicable como un milagro. «A veces ocurren cosas que ni la propia ciencia puede explicar», le dijeron a mi familia. También les comunicaron que —según las evidencias científicas— mi recuperación sería cuestión de meses y que no habría ninguna secuela grave.

Y que el bebé, a pesar de la cesárea programada porque temían por mi vida y por la suya propia, estaba bien. Aunque aún debía quedarse unos días más en el hospital.

Estaba tan aturdida, contenta, dolorida, eufórica.

—¡¿Dónde está mi bebé?! —pregunté a Caye alterada.

—Justo ahí —respondió con calma señalando al lado izquierdo de la cama.

Me giré y vi la incubadora del hospital. Me acerqué, enfocando la vista, ya que no quería perderme ni un solo detalle. Solté el brazo de Caye, quien me sujetaba a su vez para proteger mi equilibrio. Avancé hasta llegar para ver aquel *milagro*.

Mi bebé llevaba un *body* blanco, patucos y un gorro diminuto de color azul. Cuando abrió los ojos y me vio, sonrió contento agitando sus pequeñas manitas. Pensé que era un niño, aunque aún no conocía el sexo. Tenía una mirada pura, azul cielo.

Óscar se había acercado conmigo, y metió su mano dentro de la incubadora para acariciarlo. El bebé agarró su dedo índice, y hablando por él, dijo:

—¡Hola, *mami*! Tenía muchas ganas de que despertaras para que vieras lo preciosa que soy.

—¿Preciosa? ¿Es una niña? ¿Cómo se llama?

—Aún no la hemos llamado de ninguna forma, pero me

acordé que a ti te iban a llamar *Celeste* de pequeña. Me parece un nombre bonito. Además, hace juego con sus ojos. ¿Qué te parece?

Me dejó atónita con su respuesta.

—Sí, creo que no hay otro nombre mejor.

Capítulo noveno
Y llegó a su fin

Por si la lectura ha sido tan agradable y no te has dado ni cuenta, sí, esta historia tiene un final. Como todas. Como todo en la vida. Lo que no había imaginado era cómo transcurriría a continuación.

Una vez pasada la euforia de mi renacer, el nacimiento de mi preciosa Celeste, asimilada la noticia de mi embarazo y asumido el delirio enfermizo de mi paso por Khurarh —que no era poca cosa—, volvimos a la normalidad.

Nos quedaban unas semanas juntos antes de incorporarnos a nuestros respectivos trabajos. Óscar me propuso pasar unos días en una fascinante casa rural rodeada de un enorme terreno, donde los perros estarían a sus anchas. Sin móviles y alejados de todo.

Yo tomé una decisión: pensaba contárselo todo. Y luego escribirlo, por supuesto. No quería olvidarme de mi vivencia en Khurarh.

Era el momento y el lugar perfecto, aunque tenía algo de

recelo. Había sido una ensoñación, muy real y compleja —para mí, eso sí—, fruto de la medicación tan fuerte, el coma y demás. Sin embargo, era una buena historia y nos echaríamos unas risas como poco. ¡Ya me habría gustado a mí!

Qué real me parecía y cuánto echaba de menos a los chicos. Concluí que, cuando volviéramos, lo primero que haría sería pasar un fin de semana con Olga. No me había dado tiempo a hacer mucho desde que desperté. Tenía que habituarme a mi nueva rutina como madre y recuperarme física y mentalmente. Necesitaba ponerle un poco de orden a mi vida y algo que tenía muy claro era que disfrutaría de cada segundo que se me regalase.

Ya lo teníamos todo acoplado. Los perros habían correteado como locos desde que llegaron. Habían terminado extasiados, y cada uno estaba en un sofá en el interior de la casona. Yo me puse cómoda —pantalón y camiseta—, y me propuse colocar la compra que habíamos hecho en el súper. Celeste se había quedado dormida en el carrito, así que la cambiaría cuando se despertara.

La cabaña era una deliciosa y romántica construcción en madera, no le faltaba detalle. Cocina y salón estaban en la misma estancia. Le había echado el ojo a la chimenea, que pensaba encender en cuanto acabáramos de comer. Hacía unos cuántos grados menos en esa sierra, y se agradecería un poco de calor después de una buena comilona.

Mientras metía las cosas en la nevera, vi por la ventana a

Óscar a lo lejos, quien intentaba sin éxito —por culpa del viento— encender la barbacoa. Salí a ayudarle, y de paso, para notar el aire fresco y el calor del sol en mi cuerpo. Desde que habíamos llegado, le eché el ojo a unos asientos de columpio. Un balancín que, sin duda, tenía mi nombre. Lo acercaría a la barbacoa y disfrutaría del calor y del amado sol de mi tierra que tanto había añorado.

Emocionada con mi plan, salí sin coger las llaves. El viento hizo el resto. La puerta se cerró con un sonoro portazo, que sobresaltó a Celeste y a los perros. Los tres empezaron a lloriquear del susto.

—¡Anda! —gritó Óscar—. Tendrás las llaves, ¿no?

—Verás… he salido a ayudarte y no he caído, la verdad —me excusé como pude. Hacía un frío que pelaba y yo estaba en manga corta—. ¡Ha sido culpa del viento! ¿Tú tampoco las has cogido?

—Estabas dentro, Carla, ¿para qué iba a traerlas? —dijo paciente acercándose—. Tendremos que llamar al dueño, pero tardará un par de horas. No viven cerca, que yo sepa. Habrás cogido el móvil, al menos, ¿no? —preguntó riéndose con ironía.

—Pero ¡la niña y los perros se han quedado encerrados! Madre mía, ¡me voy a congelar aquí fuera! —grité frotándome los brazos.

—A ver, creo que tengo algo por aquí —actuó buscándose en los bolsillos—. ¡Ajá!

—¿Son las llaves? —pregunté esperanzada—. ¡Menos mal!

Abre, me muero de frío —rogué, pero él tenía ganas de cachondearse de mí, así que jugueteó con ellas.

—Quítamelas, si puedes —se mofó mientras alzaba la mano, donde sabía que yo no podía alcanzarlas—. ¡Vamos, Carla! Cógelas.

—Venga, hombre, estoy helada y la niña se ha despertado. A ver si me voy a poner mala otra vez... —chantajeé emocionalmente con cara de pena, por si colaba.

—Dime que soy el mejor novio del mundo, o no te abriré hasta que me lo digas. Dímelo... Venga, *gordita* —dijo, cogiéndome por la cintura—. Uf, ¡es verdad que estás helada! —Abrió la puerta—. Busca en la maleta algo con lo que abrigarte, eché un poco de todo. —Me guiñó—. Porque soy el mejor. —Me besó cariñosamente—. La dejé arriba en la habitación, pero déjalas puestas por fuera... *artista* —bromeó refiriéndose a las llaves.

Los perros salieron de la cabaña como locos para hacer de las suyas. Me apresuré a consolar a Celeste, aunque, al parecer, los perros la habían calmado y me dedicó unas tiernas risas cuando me asomé al carrito.

Subí, me abrigué y me llevé una bonita sorpresa cuando vi que había metido mis gafas y un libro en la maleta. Un libro que, por cierto, me quería comprar antes de todo esto. Tenía razón. Era, sin duda, el mejor novio del mundo. Dispuesta a decírselo, bajé corriendo ilusionada sabiendo que el balancín me esperaba para comenzar mi nueva lectura.

Abrigué a la niña y saqué el carro. Me cercioré de dejar las llaves puestas por fuera, tal y como Óscar había dicho. Al acercarme a él, me di cuenta de que aún no había conseguido encender la barbacoa. Lo abracé en cuanto lo tuve a mano.

—¡Gracias! —exclamé enseñándole su regalo—. ¡Eres el mejor novio del mundo mundial! —Le di un sonoro beso y unos cuantos más.

—Menos mal, ¡acerté! No me acordaba muy bien de cuál era, ¡quieres tantos! Me alegro de que te guste. No tendrás un mechero por ahí, ¿no? —preguntó irónico.

Me llevé las manos a los bolsillos. No pensaba fumar nunca más, pero, por si acaso, indagué en su contenido. Empecé a sacar cosas: un ticket de aparcamiento, papeles del médico, etc.

—Podríamos quemar esto —dije mientras le ofrecía los papeles del médico.

—¡Sería genial! Si encontraras un mechero, claro —respondió ocurrente.

—Espera…

Vacié el otro bolsillo.

—Vaya, ¡un billete de cincuenta euros! —exclamé bromeando, aunque seguí buscando—: Creo que aquí hay uno, pero parece se ha colado. El bolsillo tiene un agujero, espera… —Comprobé que funcionaba y se lo di—. ¡Toma ya! —exclamé triunfadora.

—No deberíamos quemar estos papeles, Carla —dijo Óscar refiriéndose a los del hospital—, y el ticket del aparcamiento es muy pequeño. Mira a ver si tienes algo más, si no arrancaremos las primeras páginas del libro —bromeó

—¡Ni lo sueñes!

Rebusqué y encontré un papel arrugado que le entregué sin dudar.

—¿Qué es esto? —preguntó aplanándolo.

—Ni idea, léelo. Quizá también es del hospital —dije alejándome para coger un par de sillas.

Lo escuché leer en voz alta y con tono interrogante.

—«Su compra se ha realizado con éxito. Puedes disponer de las entradas para el concierto de Michael Jackson del 7 de Julio del 3235 a las 20h en LIFELP, en cualquier momento».

Agradecimientos

A mi madre; la primera. Porque siempre lo ha sido y así será siempre. Por apoyar cada una de mis inquietudes espirituales y comprenderlas mejor que nadie. Por inculcarme valores que ni ella sabe, el mejor ejemplo a seguir que cualquier persona pueda tener jamás. Por lo que me has contado, por lo que no, por tantas y tantas cosas, mamá… Agradecida y orgullosa de ella. Mami, te quiero *hasta el infinito y más allá*.

A mi padre; al que le debo mi pasión por la lectura y el descubrimiento inesperado de la escritura. Espero que estés orgulloso, allá donde estés. Este libro es tan tuyo como mío, papá. Te quiero y es mi *insignificante* homenaje al amor que compartimos por la literatura.

A mis hermanas; Susana, Marisa y Angélica. Cada una de ellas ha aportado y aportará en mis próximas aventuras: nombres, lugares y las primeras opiniones fiables para mi tranquilidad, además de cosas que ni ellas imaginan. Gracias por ser mis referentes; os ADORO. A las tres.

A mis sobrinos, a los siete; Carlos, Álvaro, Lolo, Claudia,

Víctor, Angélica y Roberto. El primero, por cierto, también escritor. Carlos Rubio Moreno. Su primer libro se llama *Oro y Ceniza*. Me permito el lujo de dejarlo por aquí también, por bueno y por orgullo de tía. Os quiero muchísimo, a todos y cada uno de vosotros.

A Blas; el hombre de mi vida y el chico de mis sueños. Porque es el primero que oye mis historias, por explicarme todo lo que le pregunto con paciencia, cariño y respeto. Por aguantarme en los malos momentos, por celebrar conmigo mis éxitos, por animarme a seguir adelante *pase lo que pase* y por muchas cosas más que solo tú y yo sabemos. Gracias por formar parte de mi vida. Eres el mejor compañero de vida que jamás hubiese imaginado. Espero y deseo que podamos envejecer juntos. Te quiero mucho.

A mis verdaderos y pocos amigos; Bea y Diego, que me han acompañado casi toda la vida y lo que nos queda. Gracias por estar siempre ahí. ¡Os quiero con locura!

Quiero hacer una mención especial y honorífica a mi primo Alberto. La pura verdad es que sin él y su inestimable ayuda no habría sido posible nada de esto.

A mi supercorrectora, Sandra Moya. Que no solo lo hace genial, sino que también es escritora, y con su primer libro, *Aurora* está arrasando. No te mereces menos. Gracias por hacer que mi sueño se haga realidad. Y, por supuesto, a la talentosa Alba Alcaraz. A ella le debo la preciosa portada de mi primer libro. Y, por eso, no os olvidaré jamás. A ninguna de las dos.

Y, por último, a mi *amimana*: Olga; compañera y, sin embargo, amiga. A la que le debo, sin duda alguna, el título y que este libro exista. Me ha acompañado, literalmente, en esta aventura y en muchas otras. Sin ti, no habría podido hacerlo. En esta historia eras un personaje más; mucho antes, me temo, de conocernos. Has sido uno de mis mejores descubrimientos. Estaré en deuda contigo eternamente por haber creído en mí desde el principio y haberme animado a publicarlo.

Al resto de personas que me habéis animado; familia, amigos, compañeros, conocidos. A los que me habéis apoyado:

¡GRACIAS! Este libro también es vuestro.

Biografía

Marina Moreno nació un Domingo de Ramos en Málaga. Como buena malagueña, tiene un vínculo fuerte y especial con el mar al que le debe su propio nombre. Actualmente trabaja en el sector de la farmacéutica mientras compagina su amor por la escritura.

Pasó la niñez leyendo a Julio Verne. En su madurez, su amor por las palabras la llevó a publicar su primera novela de ciencia ficción, genero al que ha querido rendir homenaje; aunque también coquetea con otras categorías. Promete sorprendernos con un estilo fresco que amenizará tu lectura y con una prosa sencilla y dinamismo en sus páginas. Llenas de apasionantes emociones, situaciones hilarantes y personajes inolvidables.

Si quieres hablar con la autora sobre qué te ha parecido su novela, puedes encontrarla en su Instagram @escritoramarinamoreno

Printed in Poland
by Amazon Fulfillment
Poland Sp. z o.o., Wrocław

90389711R00078